Ronso Kaigai
MYSTERY
218

# アリントン邸の怪事件

Michael Innes

Appleby at Allington

マイケル・イネス

井伊順彦［訳］

論創社

Appleby at Allington
1968
by Michael Innes

目次

# 主要人物

オーウェン・アリントン……アリントン・パークの当主
マーティン……アリントンの甥
フェイス……アリントンの姪
ジョージ・バーフォード……フェイスの夫
サンドラ……バーフォード夫妻の娘
ステファニー……同右
チャリティ（キャリー）……アリントンの姪
アイヴァン・レスブリッジ……チャリティの夫
ユージーン……レスブリッジ夫妻の息子。一卵性双生児
ディグビー……同右
ホープ……アリントンの姪

＊

トリストラム・トラヴィス……若き歴史学徒
レオフランク・ノックダウン……リンガー村在住の若者
エンツォ……アリントンの使用人。イタリア人
スクレープ……教区牧師
ウィルフレッド・オズボーン……アプルビイ夫妻の友人。アリントン・パークの前所有者

＊

トミー・プライド……地元の警察本部長
サー・ジョン・アプルビイ……元ロンドン警視庁《スコットランドヤード》警視総監
ジュディス……アプルビイの妻

# アリントン邸の怪事件

# 第一部　ソン・エ・リュミエール

（名所旧跡を夜間照明で飾り、その由来を音楽つきで物語る催し物）

# 1

「忙しい生活のなかで、ささやかな安息のひとときを送るのはよい気分転換になります」オーウェン・アリントンが言った。「気の合う方と差し向かいで、というかたちなら、なお嬉しい」

アリントンは端正な顔立ちをした五〇代後半の男だった。心もち古風な雰囲気を漂わせんと自身を陶冶《とうや》――と、形容する以外ない――しており、格式と礼儀を重んじた言葉遣いを心がけているようだった。しかし、書斎に備えられた見事な暖炉の向かいに腰かけているサー・ジョン・アプルビイは、接待役のお世辞にはとくに反応するまでもなかろうと思った。いや、むしろあとから振り返れば結果的に反応していなかったというべきか。アリントンは疲れているようにも見えた。この穏やかな一夜を独りで過ごすことに決めなかったのを、あるいは悔いているのか。だがともあれアプルビイを食事に招いた――独り暮らし《アン・ギャルソン》の屋敷へ。アリントンは未婚者だった。

アプルビイの妻ジュディスは明日ロンドンから戻る予定になっている。

申し分ない食事会だった。ともかくそういう名目の場としては。オーウェン・アリントンは、アプルビイには必ずしも気心の知れた相手ではないが、実にもてなし上手な人物だった。いささか口数は多すぎたが、ころあいを見計らって相手に感想や判断を求める気配りもおおよそ忘れなかった。また驚くほど様々な人の消息に通じてもいた。時間はたちまち過ぎてゆき、夜も更けた。

「たしかに」アリントンの話は続いた。「いまだこの土地では自分はよそ者ではないかという意識が消えません。すっかりなじんだと思えるだけの根拠は十分あるのですが。それでもお恥ずかしい話、地域の方々についてはよく知らない点もある。たとえばお宅のご一家の場合ですと、サー・ジョン」アリントンはきちんと敬称つきで相手に呼びかけ、いったん言葉を切った。「地元に何世代も前からお住まいなのでしょうか」

「いやあ、とんでもない」アプルビイは鷹揚に問いかけを打ち消した。この御仁、どういうわけか知らんが、とぼけたことを聞くものだと思いながら。「わたしにとってもここは別世界です。わたしも浮いた存在なのですよ。ともあれ妻が伯父から今の屋敷を受け継ぎましてね。わたしが警察を退いたのを機に二人で住むようになりました」

「警察を？　ああ、そうでしたね。ロンドン警視庁《スコットランドヤード》ですか。わたしもあそこのことはよく知っております」さほど自信ありげな口ぶりでもない。「きっと山ほど現役時代の逸話をお持ちでしょうね。いつか少しご披露いただきたい。いわゆる罪を犯した側にぎりぎりまで迫られたのでしょうね。妙な言い方でしょうか。近いうちにこの話題が出るのを楽しみにしております。犯罪学は以前からわたしの大きな興味の対象でして。とにかく、田園生活だのなんだのは、どうもね。口癖のようになっているのですが、わたしも新参者なのです――言葉の綾だとしてもね」

　二本目の葉巻を吸い終わるところだった――二本も吸うつもりはなかったが――アプルビイは、やはり返事を控えた。穏やかな夏の夜、真っ暗な屋敷の外でフクロウがホーホーと鳴いた。いるのは一羽だけらしい。ここに来てから何時間も経つのに初めて鳴き声が聞こえたのだから。アリントン・パークはさびしい田舎の雰囲気にぴたりと合っていた。

アリントン・パーク。この名称からして、オーウェン・アリントンが新参者でないのは明らかだった。直系の祖先であるルパート・アリントンが、チャールズ一世（一六〇〇～四九。一六二五～四九にイギリス国王）の宿泊施設としてアリントン城《カースル》を保有していた。オリヴァー・クロムウェル（一五九九～一六五八。清教徒革命の指導者）が地所をまず縮小し次いで破壊――徹底的に――した際、理由は不明だが、廃墟となった城と周辺の地所は一族の財産ではなくなった。が、実のところ城郭は、風景のなかでまずまず目をひく存在たりうる程度には残されていた。ここで採石されたことは一度もないだろう。ひそかに建てた物置小屋ないしは豚小屋のためにおこなった例はあろうが。また、今アプルビイが招かれているジョージ王朝様式の邸宅が一九世紀初頭に建って以来、池のすぐ向こうにある朽ちた中世の大建築物はぜひとも保存すべきものとなった。保存してきたのはオズボーン氏だ。

オズボーン氏は羽振りのよい獣脂商人で、裕福であり、郷紳《ジェントリー》の一員として認められたいという大志を抱いていた。名字ではずいぶん徳をしただろう。というのも、エリザベス一世（一五三三～一六〇三）の時代あたりから、〝オズボーン〟の価値は認められていたからだ。オズボーン家は近年までアリントン・パークの所有者だった。それをなぜ手放したのか、アプルビイは知らない。まだ付近に暮らす一族の者たちもいる――惨めではないまでも苦しい環境に置かれて。

オーウェン・アリントンに話を戻すと、この男はさりげなく表舞台に現れて屋敷と地所を買い取った――おかげでジュディス・アプルビイには、やり方が格好よ過ぎるわね、あのウォーレン・ヘイスティングズ（一七三二～一八一八。初代インド総督〔在任期間は一七七三～八五〕）みたいにと、皮肉まじりの陰口をたたかれる始末だった。ヘイスティングズといえば、故国に戻るなり、インドで築いた資産をもとに先祖代々の地所デイレスフォードをあっさり手に入れた男だ。だがアリントン自身はインド帰りのお大尽《ネイボブ》ではない。本職は科学者で、アプルビイの見るところ専門分野では高い地位にあった。ともかく科学のおかげ——いやむしろ、単に科学的精神にもとづく粘り強い証券取引研究のおかげか——で、かなりの財を得たようだ。そうして今に至った——先祖伝来の場所に落ち着き、ちょっとした地主にもなった。人生に成功したイギリス人はこんなふうに好んで愚者への道を辿るのだと、アプルビイは意地悪く考えた。

「この田舎でのわたしの地位などに関して、まさかうさんくさいとは申せますまい」何かおもしろがっているかのように、あるいはアプルビイの思考の流れを断ち切るかのように、アリントンは言葉を継いだ。「地元の教会にある墓地を歩いてみればわかりますよ。オズボーン家の場合はね、遺骨の安置所として、極端なほどゴシックふうの地下納骨所《ボールト》を新築しないといけなかったのです。教会のなかでも、わたしども一族は一般会衆と比べてずっと広い場所を占めています。キリスト教信仰復興運動《クルセイダーズ》参加者などと比べてね。それでもわたしはあとから列に割り込んだ人間であり、何代か前の祖先が小作人だったような人々のあいでは新参者なのです。なかなか楽しめる暮らしですが」

「でしょうな」アプルビイの頭に同国人の妙な階級意識がふと浮かんだ。「しかし、娯楽が得られる一方で義務を課されもするでしょうな。地所を維持するには相応の手間がかかるに違いない。察するに、あなたはいわば行政官のようなお立場にあって、ずいぶん人の接待をなさるはずです。本業のための時間が削られて惜しくはありませんか？　わたしよりもずっとお若いようだが」少し挑発的な言い方をしてしまったなとアプルビイは感じた。自分を招いてくれた男に対して抱いているのは好意か反感か、自分でも判然としなかった。

「わたしが辺鄙《へんぴ》な土地へ引っ込んだということですか？　かもしれません。ふと気づくと、正直なところ何か頭を使うような問題に直面しないものかと、考えている場合もままありましてね」アリントンは軽やかに答えた。互いに笑える話をしているだけですよといわんばかりに。「ですが、田舎の私有地に住む紳士階級の人間《カントリー・ジェントルマン》であれ、科学の研究に精を出すことは可能なのですよ。わたしの場合も、ささやかな研究対象からでも大いなる喜びを得ております。わざわざ口にするのも恥ずかしいほどの話だが、事実です。おわかりでしょうか、あんなつまらんものを設置する活動にも積極的に関われれば、わたしとしては充実感が得られるのです」

「ソン・エ・リュミエールですか」

「ええ。だがもうあれは終わった事柄です、幸いにして。もう二度とこの敷地でやらせるつもりはありません。程度の差こそあれ誰もがあれに振り回された。ラセラスも――ふだんは落ち着いているのに」

　ラセラスは金色の毛をしたラブラドル・レトリーバー（カナダ原産の猟犬・盲導犬）で、黒の熊皮の敷物に置かれた小さな夏用暖炉の前に横たわっていた。毛並みのよい犬だ。短い金糸《スパン・ゴールド》が全身を被っているようにも見える。仕留められた獲物をくわえて戻ってくる生活は過去のものとなり、現在は自分の飼い主と同じく悠々自適の毎日を送っているようだ。今の格好からすると、心身を休める点では並々ならぬ能力の持ち主で、満足そうにじっとしているのがお得意らしい。近ごろアリントン邸でおこなわれていた催し物のせいで、この犬が神経をいらつかせていたとは信じがたかった。

「催し物はどれぐらい続いたのですか」アプルビイがたずねた。

「三週間。採算が取れる点では最短の実施期間です。ともかく主催者側はわたしにそう持ちかけてきました。まあたしかにそうだった。驚くほど手の込んだ代物でしたからね。もちろん役者の手配でまごついたりはしません——音楽や戦闘、砲撃、歴史上の音響全般なども前もって準備してあります。磁気テープに録音してあって、夜毎にそれを思い切り流すだけで収益が出るという次第です」

「やっかいなのはむしろ照明装置《ライティング》ですか」

「ええ、そのとおり。金属線や電線がいたるところにありましてね。ですが本当におもしろい。ほぼあらゆる創意が一大見世物へと結集した感じです——照明効果《ライティング》それ自体が見世物ですかね。しかし主催者は際限なく工夫をこらしています。すべては一箇所で制御されていますがね。お見せしましょうか」

「入場者の数はどうでしたか」

「連日、満員でした。雨が降った二日間は別ですが。腰掛け付き花車《シャール・ア・バン》——このごろはコーチといいますね——には観光客があふれるほど乗っていました。アトラクションのほとんどはニューヨークとシカゴで調達したものです。こういう準備には、なんと二年近くかかりましたよ。思わぬ難題もいろいろ生まれましてね。たとえば安全対策です。なにしろ入場者は好き勝手にうろつき回りますからね。怪我人が出たらわたしの責任となる。入場者の車が池に突っ込んだり頭に城の資材が落ちたりしたら大変だ。神経を使いましたよ」

「いずれにしろ利益は出たのでしょうな」

「利益?」アリントンは警戒するように相手をちらりと見た。「それはけっこう出たでしょう。しかしわたしのものになるわけではない。地区看護婦《ディストリクト・ナーシズ》（特定地区で病人のいる家庭を訪問する看護婦）やら、自然保護財団やら、第一線を退いた狩猟家やらに配分されるのです。わたしはやれと言われたからやったまでです。動機が不純だとお思いでしょうが、ここが新参者のつらいところです」

「残念だな。わたしもぜひ観たかった」戸外で夜間におこなわれる娯楽など、何ほどのものかと思っていたアプルビイは、そういえば今まで相手にお世辞の一つも口にしなかったなと気づいた。「歴史的事実を次々と思い浮かばせるような場だったでしょうな」

「あの手この手を用いてね」アリントンはおどけながらも心から満足そうに答えた。「たとえばエリザベス女王がここで一夜を過ごしたことにした。わたしもかなり慎重に演出しましてね――うまくいきました。それからこの現代ふうの屋敷ですが――ふむ、ウィンストン・チャーチルがかつて昼食に招かれたらしい。オズボーン家のなかにチャーチルの友人がいたそうです」

「すると城だけでなく屋敷も会場としたのですか」

「交互に――たいていは城を利用しましたが。両方を同時にということは一度もなかった。教会の塔や一二世紀に建てられたハト小屋も使いましたよ。そのほか、敷地からわりに近くにあるものをいくつか。入場料一〇シリング（一シリングは二〇分の一ポンド。一九七一年、十進法への移行により廃止）の見世物としては悪くないでしょう。ただもっと工夫して無駄な出費を減らせばよかったと反省しています。この点で我々は厄介な問題を抱え込んでしまったし、今後にも悪い影響が出るかもしれません」アリントンはいったん言葉を切った。

「ちょっと。何か聞こえますか」


アプルビイには何も聞こえなかった。ラセラスにしても、ぜいぜい息を吐かずにまどろむ技芸《アート》の持ち主であるらしい。屋敷の外は晩夏の夜としては異様なほど静かだ。この田園地帯はどんよりした沈黙に包まれているかに思えた。

「いいえ、何も」アプルビイが答えた。「何が聞こえるのですか」

「なんともいえません。しゃがれたささやき声、ののしり声、荒い息遣い、芝がどさっと落ちる音、根掘り鍬《マタック》や鋤《すき》のかちんという音」芝居がかった口調でずらずら例を並べながらアリントンはおかしそうに笑った。「まんざら冗談ではないんですよ。実はわたし、オックスフォード大出身のある若者が書いた原稿を手に入れましてね。埋蔵された財宝という素材は必ず大受けするはずだと、この若者は確信したらしい。原稿には一種の宝探しにまつわるくだりがあります。懐中電灯を手にして敷地のなかをあちこち歩き回り、これはと思う場所を掘り返した人々の話ですが。オークの大木の下で一休みしようとすると、どこからかささやき声が聞こえてきたそうです――『チャールズ一世の宝が眠っているのはここかな』だがこれは馬鹿馬鹿しい。大木の真下にかなりかさのあるものを埋める人間がいるだろうか。ま、とにかく発想としては無邪気なものですが、聞き手はみな楽しんでいました。ところで、信じがたい話でしょうが、この敷地には埋蔵物があると本気で信じて、まるで酩酊したかのように真夜中過ぎにふらふら歩き回るやからがいるのです。いつまでも続けるつもりなら、こちらもラセラスをけしかけて、連中の贅肉《コロップス》（ヨブ記第一五章第二七節）を食いちぎらせるつもりですよ」

「それは妙案だ」アプルビイは上体をかがめてラセラスの耳をなでた。ラセラスは耳をぴくつかせて精一杯の反応を示した。はたして贅肉をがぶりとやるような任務がこいつに務まるのかなと、アプルビイはふと思った。

「もちろん地元民がそんなまねをするわけはない。みなわたしの配下《マイ・オウン・ピープル》ですからね、ある意味では」こんな中世の領主さながらの認識をアリントンはさらりと披露した。「感心しないのは都会から来た入場者です――それに舞台を設定した技術担当の者たちの一部も加わっている気がする。だがともかく明日は連中も一掃されるでしょう。昼までにごたごたをすべて片づけて敷地をきれいにするようにと、わたしは指示を出しました。祝典《フェット》がありますから」

「なんの祝典ですか」

「わたしが連日ここをサーカス会場にしていると思われたら困りますね。明日は長年の慣行として我が教区の教会の祝典をおこなう日なのです。うろついている連中も来たければ来てかまわない。実に慎ましい催しですよ。屋敷も庭園も開放します。地元の女たちが小さな屋台でジャムを売ったり、教区牧師が天幕で一種の賭博場を開いたりします。わたしの役目はグレーの山高帽をかぶってあちこち見て歩くことです。そんな帽子をお持ちですか。お持ちならぜひおいでください。一緒に歩きましょう」

「うちにあるのはグレーのビーバー帽（ビーバーの毛皮製の山高帽。ふつうの山高帽はフェルト製）かな。種類は大違いでしょう。それに、わたしが行くと牧師さんは怯えてしまいそうだ。わたしのことを警察関係者だと知っていればの話ですが。それはともかく、財宝の件ですが、城の内部か周辺に埋まっていると、ご自分も信じておられるのですかな」

「え、ううむ」一瞬アリントンは口ごもり、愛犬にじっと視線を落とした。おまえも敷物から頭を上げて何か言ってくれよと訴えるかのように。「鋭いところを突かれますね。これはチャールズ一世時代における騎士党員（一六四二～五一年の内戦で、王党派として議会派の円頂党と戦った）の一拠点にまつわる逸話なのです。もちろん多数の人間が自分の高価な食器類なども埋めていました――もしすでにおのれの仕える不運な君主の大儀に従い、何かも鋳《い》つぶしてしなければ。しかし、ふつう埋められた品は遠からず掘り返されるものでしょう。わたし自身はこんな逸話などおよそ信じていないので、探し回りはしませんでしたが」

## 2

アプルビイとしては、もう埋蔵された財宝については話すこともなくなった。夜も更けてきた。一度は暇《いとま》を告げたのだが引き止められていた。オーウェン・アリントンは深夜過ぎまでよく人と話し込むような男なのだ、覚えておこうとアプルビイは思った。

「わたしのお相手をしていただいて、まことに恐れ入ります」何か予感を抱いているような妙なようすでアリントンが言った。「明日の今ごろ、わたしは捌き切れないほど大勢の客を迎えなければなりません。また、祝典が終わったあとも一族の者がここに集まることになっています。みなちょっとした楽しみを求めていましてね。実のところ今晩にも〝先兵〟が一人やってくるはずでした」

「かなり大がかりな集まりなのですか」アプルビイとしては、アリントンに一族と呼びうる存在があるとは初耳だった。

「いや、姪や甥ですよ――姪や甥。年配の独身男――ですからね、わたしは――には、そういう存在が必ずいるものです。とにかく、甥のマーティン・アリントンが夕食後に顔を見せるだろうと思っていました。少しわかりづらいところのある男ですがね。わたしの跡継ぎといってもよい。ほかの者にはまだ知らせていませんが」

「ほかの甥御さん方にですか」単なる顔見知りの相手に、遺産相続の話を気軽にするのはおかしいかなどとアプルビイは思ったが、相手から切り出された以上、礼儀のうえから応じねばなるまい。

「実は違います。言い方が大ざっぱでしたね。ほかにわたしが頼りにしているのは三人の姪です。うち二人は既婚者ですが。名前はそれぞれ信仰《フェイス》、慈愛《チャリティ》、希望《ホープ》です」

「まさかそれは――」アプルビイは言いよどんだ。

「本名ですよ、もちろん」アリントンはいくぶん意地悪そうに笑った。「わたしの義理の妹はとても信心深い人間でした。フェイスとチャリティが既婚者で、自分の子どもを連れてくるでしょう。希望《ホープ》の希望《ホープ》はいまだかなわず、です」

「なるほどね」揉み消しても惜しくないほど自分の葉巻が短くなっていることに気づいたアプルビイは、ほっとした。さて、もうはっきり暇を告げられるぞ。ホープをネタにしたつまらんしゃれを聞かされたな。アプルビイはラセラスに向かって顔をしかめた。犬はまだ眠っている。年を取るにつれて、自分が人の粗探しをしがちになっているとアプルビイは感じていた。年寄りは寛大でなければいかんな。ちょっとした趣味の悪さにもいちいち目くじらを立てるようではいかん。また一瞬、ある名前が自分の心に連想を誘発したともアプルビイは感じた。それは目の前で寝そべっている犬の名だったかもしれない。なにせラセラスとは、サミュエル・ジョンソン博士（一七〇九～八四。一八世紀イギリス文壇の大御所）による教訓的物語『ラセラス』（一七五九年）における主人公で、アビシニア王子の名だから。田舎の紳士として身だしなみにも気を遣うほどの著名な科学者が、立派ななりをした愛犬になぜこんな突飛《ウートレ》な名をつけたのだろう。もちろんアビシニアから犬を輸入したのなら話は別だが。ことによるとオーウェン・アリントンの生活には、何か尋常ならざる裏事情があるのではないか。

しかし、思い当たった名――アプルビイははっと気づいた――は、アリントンの口から出た甥だという男の名だった。

「マーティン・アリントン氏とは面識があるかもしれません。同姓同名の方でなければ」

「ほう、それはそれは。で、その人の職業は？」

「さあ」

このそっけない返事のあとに短い沈黙が訪れたが、やっと腑に落ちたといいたげにアリントンが控え目ながらおどけたしぐさをし、くくっと笑った。

「当然だ。警察官を退職なさる前なら違ったでしょうがね、アプルビイさん。それに、あなたにとっては興味の対象たりえぬ人間ですか？　住む世界はたしかに違うでしょう」

アプルビイは無言だった。なるほど自分は退職した。だが職業倫理はまだ生きているぞ。元警察官は葉巻の吸いさしを暖炉に投げ入れた。

どの国も治安組織の人員を確保すべく独自の手段を講ずる。イギリスでは幅広い教育機関に頼るところが大きい。どこまで幅を広げるかは、各地のパブリック・スクールをなるべく急いで回って――規律の点では厳しい学校から順に――得られる人材で決まる。もちろん、勇猛な個性派はみな合格というわけではない。ある種の欠点は難色を示される。いずれにしろ基本方針は妥当なのだ。だが世間では厳格なまでの道徳観念はさほど評価されない。第二の天性（後天的性癖）の問題として、行動に対する束縛とはほとんど無縁の人間にとって過ごしやすい環境に対して、徳義心を求めようとしても無駄だ。
だから――腰を上げようとしながらアプルビイは思った――スパイ物語とは荒唐無稽か不愉快千万なものに決まっている。自分が属してきたのとはまるで異質の世界だ。とはいえ、首都警察《メトロポリタン・ポリス》の警視総監を務めてゆくには、そんな世界をまったく敬遠することは許されない。マーティン・アリントンとも関わりを持つにいたったゆえんだ。

「この件はきっちり片づけてくれよ、アプルビイくん」担当大臣から言われた。アプルビイとしては、意外な指令に感じられ、大臣どのは妙なことをおっしゃるなと怪しんだ覚えがある。だがそう命ぜられたのは、現場において家具がひっくり返されたり血の海ができていたりしたせいだ。なるほど（今から思えば）自分には我ながら嘆かわしいほど融通の利かぬ面があった。だから、大臣は比喩を用いられたのだと気づくまでに少し間があった。何よりやっかいなことに、事件のせいで世間は大騒ぎするだろう。ともあれアプルビイの部下の〝デカ連〟――大臣がこんな粗野な言い方をしたのも、必死な気持ちの表れだ――も、あれこれ頭を使うより、とにかく大臣に負けぬほど必死に歩き回って捜査を進めようと決意しているようだった。

　デカ連には、当惑顔の巡査数名や救急隊のほかに、ロンドン警視庁犯罪捜査課《C・I・D》の古参警部二名も加わった。本人たちはデカ連としてひと括りにされることが不満で、一人は大臣にきっぱり言った。殺人未遂――続いて自殺未遂も起きたが――事件に取り組むに当たって、わたしの職務の範囲を明らかにしてください。大臣も相手の気持ちを汲み取った。大臣は驚きながらも内心では楽しんでいるかに見えた。動揺を隠せぬ部下から事件について聞かされるや、自らもいわば捜査隊の一員として現場へ乗り込み、捜査課取り扱い事項《デパートメンタル・ディテール》に取り組んだ。瀕死の男（と、マーティン・アリントンはまだ思われていた）が捜査課取り扱い事項だった。もしこれが治安判事裁判所に持ち込まれて、事件を秘密裡に処理できぬ場合、大きなスキャンダル――どんな内容になるかはともかく――に発展するだろう。その処理を担当すべくサー・ジョン・アプルビイが捜査に駆り出されたのだ。大臣いうところの片づけるとは、要するに揉み消すことだった。大臣の姿勢ははっきりしていた。この処理事項は闇に葬らねばならん。

　またアプルビイの記憶では、カラザーズ大佐なる人物も同席していた。たぶん偽名だろう。イギリス国民の生活におけるある領域――この夜、困難な状況に陥った――の責任者であるカラザーズは、ひどく腹を立てていた。怒りの矛先が向かった先は、部屋をめちゃめちゃにしたアリントン青年よりむしろ、しゃしゃり出てきた大臣だった。本人によると、自分は国会議員《P・M》に対してのみ責任を負っており、時間を空費するしか能のない小物閣僚に、オレには手も口も出す権利があるんだなどと勘違いされると、任務に重大な支障をきたすのだという。この珍しくもない縄張り争いには、アプルビイは我関せずの態度を取った。自分たち警察官に対して、重罪を宥恕《ゆうじょ》してほしいと大臣からそれとなく要求されたことで、すでに内心あきれていたからだ。

　スパイ小説には、自分の仕事の邪魔になる人間を、誰彼かまわずあの世へ送り込める特権を（おそらく元首の最高諮問機関の長から）与えられた者が登場する。しかし現実生活（諸々の事象からなる尋常ならざる一場面をそう呼べるとして）では、そんな都合のよい措置は取りえない。また世の中においても、おおっぴらには話題にできぬ事件がときおり起きるものであり、その結果たいてい誰かが苦境に立たされる――自身の良心ないし法律の問題として――事態にいたるという認識が漠然とながら存在する。どうやら今のアプルビイは、そんな立場にある――あるいは大臣からそう求められた――ようだった。ならばどうにか対処せねばならない。アプルビイは手始めに事実をいろいろ探ることにした。

　負傷者本人からは収穫がなかった。警察医の治療を受けた際、本人が一時ふっと意識を取り戻したのは事実だ。だが残念ながら、この貴重な時間に男は弱々しい口調ながら聞くに堪えぬ悪態を吐《っ》いたのみだった。なかでもうっぷん晴らしになったらしい言葉は〝クソ女〟だった――つまり少なくとも事件には一人の女性がからんでいると見てよいわけだ。カラザーズ大佐は不愛想な男で、にこりともせずに語った。マーティン・アリントンは以前から何か少しばかり〝内職〟をしていましたが、おのれの力に余ることを新たに始めようとしたらしい。もちろん事件の背後には女がいるが、いささか手ごわい男も関係していると思われます。

　アプルビイたち捜査員もこの見解に同意した。クソ女を伴っていたか否かはともかく、手ごわい男がアリントンのフラットに押し入ったようだ。蛮行が始まった。何発か発砲もあった。押しかけてきた側は立ち去った――勝利のすえに、または敗北のすえに。アリントンは自身に向けて銃を撃ったが、へまをした。たぶん錯乱状態に陥っていたのだろう。

　ここで警察医がおもしろくもなさそうな顔で告げた。負傷者は命を取り留めますよ、いずれにしろ。いや、これは事件の概略です。説明を続けます。アリントンは銃を三発撃ったようだ。最後の一発は体内に入ったままだ。アプルビイは残りの銃弾を探し始めた。ほどなく見つかった。二発とも壁の一面の上部に埋まっていた。埋まるまでになんらかの危害を及ぼしたとは考えられない。ゆえにこの対決の結果としてロンドンのどこかに別の負傷者が出た可能性は捨ててよい。密偵（というのが本人に対する正式な呼称だ）としては、マーティン・アリントンは実に哀れなやつだ。

　事件はそこで終わった――こうした問題ではありがちな事態として、あきれるほどうやむやのかたちで。誰一人として判事の前に呼び出されぬまま。ともあれその後、王国の治安はぐっと強化された。本件に多少とも関わったことがアプルビイには不愉快でならない。今では関連情報も与えられていない。アリントン青年が失職して事件は終わったというのが、なるほど自然な見方ではある。唯一の合理的解釈としては、マーティンは職務とおのれの怪しげな所業とをいっしょくたにし、しかもへまをしでかした。あげくにおのれには悲惨な結末が待っていると怯え、衝動的に自殺を図ったのだ。本来なら刑務所暮らしをしているはずだ。だが逆に昇進を果たしたかもしれない。現在アリントンはカラザーズ大佐のお気に入りの存在だと考えられる。カラザーズ自身も負けず劣らず異常な世界に属する人間なのだ。

アプルビイは自分の任務について思い起こすと、なんとも苦い気持ちになる。できたらもう忘れたい。アプルビイはマーティン・アリントンに嫌悪感を抱いた。灰色の毛布をかけられて仰向けに横たわったマーティンは単なる肉体だった。青白く血だらけの顔をし、なんとか生き延びんともだえている肉体だ。しかしアプルビイはそんなマーティンを唾棄すべき存在だと思った。酷いことではあるが。

「マーティンは愉快なやつですよ」当時のことを回想していたアプルビイは、この言葉ではっと我に返った。オーウェン・アリントンは再び頼もしげにラセラスを見下ろしている。目の前に寝そべる利口な愛犬に対して、マーティンとの濃い血のつながりを支える一声を発してほしいと願っているかのようだ。「きっと、あなたとまたお会いできたことを喜ぶでしょう」

「どうもわたしの言葉が誤解を招いたようですな。わたしはいちおう甥御さんとお会いしたかたちになりましたが、甥御さんはわたしと会われたといえるかどうか。なにせ——うむ、のびておられたから」

「ほう！」相手の妙な表現をいぶかったにせよ、アリントンはそれを顔には出さなかった。「たしかにマーティンはたまに飲みすぎましてね。そういえば——」口を閉じた。アプルビイが立ち上がる気配を示したからか、あるいはラセラスが同じ動作をしたからか。帰ろうとする客を今こそ速やかに送り出すときだと、ラセラスは察したに違いない。なぜなら、身を起こすや、アプルビイに挑むような目を向け、書斎のドアのほうへさっと動いていったからだ。「たしかウィスキーがあったはずだ」アリントンが言葉を継いだ。「氷をご所望でしょうね」身を乗り出して呼び鈴を押した。「エンツォは必ず忘れるんです。イタリア人というのはなかなか楽しい連中ですが、昔ながらの我が国出身の使用人と比べるとまるで頼りない」

「氷はけっこう」アプルビイは中腰になってサイドテーブルを見やった。「わずかばかりのウィスキーと多少のソーダ水で十分です。もう真夜中ですね。そのエンツォが寝ていてもお叱りにはならないように」アリントンという男は、知識人であるらしいが、そのわりには接客に細かいのだなとアプルビイは思った。「ラセラスも眠そうですな」

「こいつはお車のところまでお見送りするつもりですよ」アリントンは互いのグラスにウィスキーを注いだ。二人はグラスを傾けた。「どうもエンツォはおっしゃるとおりの状態らしい。給仕するのが任務なのに」数分後、アリントンが言った。「やはり寝てしまったな。ですがわたしにも、今晩お召しになった外套を持ってくる程度のことはできますよ」

「外套は着ませんでした」アプルビイはグラスを置いた。「ありがとうございました、実に心地よいひとときでした」

二人は屋敷を出て長いテラスを歩いた。ラセラスは穏やかな暗闇へと消えていった。気温が高目でひっそりとした夜だ。

「この段を下りて角を曲がったところにお車があります」アリントンは戸口の広間から持ってきた懐

中電灯を照らした。「おわかりですか？　観客席《オーディトリアム》――と呼ぶにふさわしい場所だとわたしは思いますが――がまっすぐ前方にあります。左手に見えるのが敷地全体の管制室です。まだ電源は切れていないかな。簡単な出し物ならご覧いただけるだろう」

アプルビイにとっては〝簡単な出し物〟などありがた迷惑だった。もう帰って寝たいのだ。だが残念ながら、客をもてなそうというオーウェン・アリントンの熱意は一新された。もはや客は家主のあとから広々した芝生を横切るほかなかった。やがて、点々と浮かぶ星が弱い光を放っている夜空を背景に、度肝を抜かれるほど大きな壁らしき物体がぼうっと立ち現れた。足場に支えられた何列もの階段座席だった。

「屋敷や城郭」アリントンは話を続けた。「双方にはさまれた池の先端。あの席からならすべて見渡せます。いや、出し物もね。もちろんスイッチを入れる係の者が全体に目を配っています。短い階段を上っていただけますか。壊れる心配はありません」

短い階段ならまあいいだろう。どうせ上るならと、アプルビイはいかにも楽しみだなといったふうを装って、しゃきしゃき脚を動かした。この著名な元科学者には無邪気な一面があるのだなと内心アプルビイは決めつけた。あたかも新しく鉄道の模型を買ってもらった少年のごとくに、アリントンはおのれのソン・エ・リュミエールを自慢しており、帰ろうとする客を引き止めてでも見せびらかそうとしている。

「展望台とも呼べるでしょうね」アリントンが振り向いて声をかけた。アプルビイより先に上っている。「しっかり摑まってください。電源が切れていないか確かめてみます。切れていてもお帰りにならないように。あ、よかった！」

かすかにかちりと音がした。琥珀色の弱い光に照らされてほのかに見えるガラスに囲まれた部屋にアプルビイは入った。

「定期旅客機の操縦室という感じでしょ」アリントンが言った。「あるいは戦艦の進行を司る場所かな。どうもぞっとしない。まあ、これも九〇分の娯楽のためです。なにせ我々は実に人工的な時代に生きていますからね」

## 3

空中に浮かんでいるかのような広々とした空間だった。大がかりな見世物を映写するための精巧な機材に加えて、種々雑多な装置が、すみに投げ出すように置かれていたりベンチの下に押し込まれていたりした。ほの暗い照明のなかで、小さなテーブルがあるのをアプルビイはかろうじて認めた。テーブルの上には、穴の開いたビール缶や、くしゃくしゃになったサンドウィッチ用の紙袋や、空になったたばこの箱がいくつかずつ載っている。

「関係者はここを自宅同然に使っているようですな」アプルビイが言った。

「そのとおり。わたしはみなを地元のパブに泊まらせたのです。実に居心地よいところだと聞いているので。しかし、実際はほとんどここで寝泊まりする始末です。妙に芸術家《ロング・ヘアード》ぶった連中でしてね。わたしとしてはどうも好かない。いちばん格上の男など、いかにもおれは高尚な人間だといった態度が鼻につきました。コヴェントガーデンでのオペラ製作の仕事を休んでまで、ここへ来てやったんだといわんばかりで」暗がりのなかでオーウェン・アリントンはせせら笑った。「まあ仕事はできた男ですが。こういうダイヤルやスイッチを手抜かりなく操作していました。実際そのようすは大聖堂所属のオルガン奏者を思わせた。それに、なんと、出し物の内容は一晩ごとに充実していったのですよ」ソン・エ・リュミエールに対する満足感が再びほのかに漂った。「機材は前もってロンドンで作られて箱詰めで運ばれてきたので、どれほどすごいものか、なかなか想像がつかなかった。それに細々《こまごま》とした雑多な装置を使ってうまく照明の度を調整するには、微妙な手さばきが必要なのですがね。ためしにやってみてください」

「こいつをわたしが?」アプルビイはくすぐったそうな顔をした。「無理ですよ。悲惨な事態が起きそうだ」

「だいじょうぶ、何も壊れたりしません」アリントンは軽やかに請け合った。同時にいささかむっとしたらしい。あたかも幼い少年に、お菓子をあげるから自転車のハンドルを握ってごらん、サドルに乗ってごらんと言ったのに、いやだとはねつけられたときのように。内心アプルビイも、くだらん役目だが引き受けなきゃいかんかなと覚悟した。装置の具合を点検していたアリントンは再び口を開いた。「音は出ないかもしれない。あの連中、テープを取り外してしまったんだな」見るからにがっかりしている。「でも光のほうはだいじょうぶだ」

アプルビイは目の前に張られたガラスの外を見た。暗闇のなか、左側に建っている屋敷がどうにか確認できた。あのあたりはテラスの曲線に沿って六つの戸外電灯がついているのみだ。

「ただ電源を入れたり切ったりするだけのことです」アリントンは促した。「目盛りのついたつまみは可変抵抗器《レオスタット》です。楽譜ではなく色彩から交響曲を作るとは、信じがたい話でしょう? 何年も前にそういう美的なことを発想できた者がいたのです。しかし本人にはそれを具体化する技術がなかった。今なら可能です。ここにある珍妙な仕掛けを用いればね。今夜はせめて一曲ソナタを聴きましょうよ、アプルビイさん」

アプルビイは手を伸ばしてスイッチをぱちんと入れた——いくぶんいらつきながら。つまらんことをやらせおってという気持ちが強まってきたからだ。目前の光景における変化としては、アーク形に並ぶテラスの明かりが消えたのみだった。

「もう一度どうぞ、がっかりしないで」拍子抜けしたような客の顔がよほどおかしかったらしい。アリントンは遠慮のない笑い声を上げた。「今のを指揮者のタクト音《おん》と我々は呼んでいます。団員に対する演奏開始の合図ですよ。同時に聴衆のざわめきも静まっていきます。さ、続けてください」

「わかりました――これを戻すわけか」アプルビイは再び同じスイッチをはじいた。テラスの明かりがついた。「次にとなりのを……ん、なんなんだ、これは！」屋敷と城郭とを隔てる池の先端を見下ろしながら馬跳びをするかのように、アプルビイから見て右の遠方に獅子座のような光の群れが現れた。

「おもしろいな」アリントンが言った。「狙いどおりの効果ではないが。すぐ上にあるそのボタンを押してください」

アプルビイはボタンを押した。すると照明の色とかたちが変わり、赤々と点滅しだした。

「いいぞ！」アリントンは目を輝かせた。「たいまつの群れですね。城の前にたいまつが曲線を描いている。エリザベス一世のご臨席のもと、大がかりな戸外の仮面劇が催された当時の再現だ。池の上では正真正銘の海戦がおこなわれ、海の神ポセイドンや多数のトリトン（ポセイドンの息子の半人半魚）の登場で最高潮を迎えたのです。ポセイドンは女王陛下やイングランド人の武勇を称えるべく一席ぶちました。一五八九年のことです。一九六七年には、帆船や神話とは無縁ながら、砲撃が披露されてポセイドンや女王の声が放送されました。大成功でしたよ」

「でしょうな」アプルビイは別のスイッチを入れた。するとめざましい効果が生まれた。ぎらつく光を浴びて城の全体像が現れたのだ。「うわ、これはすごい！」アプルビイが叫んだ。「ダーガン城の廃墟が輝いている」

「なんですって？」

「イェイツ（一八六五〜一九三九。アイルランドの詩人・劇作家）の詩に出てくる城ですよ（*Stories of Red Hanrahan*〔1897〕第四話 "Red Hanrahan's Curse" 参照）。しかし、これだけの電気を供給するとなると、配電盤の稼働ぶりも相当なものでしょうな」

「請求される料金にも度肝を抜かれますね。左にあるスイッチも押してみてください」

アプルビイが指示されたスイッチを押すと、城が燃え始めた――そう見えるほど鮮やかな色に染まった。炎が躍り上がり、ゆらめいた。円頂党員（清教徒革命当時における議会派に対する蔑称）が放火したという設定らしい。アプルビイはまたスイッチをはじいた。恐るべき大火はたちまち消え失せた。

「すばらしい創意工夫だ」アプルビイは言った。もう目を開けているのもおっくうなほど眠く、それを隠そうという気にもなれなかった。「しかし花火より楽しいかどうかは微妙なところですな」

アリントンは客のやんわりとした皮肉の意味に気づき、話を切り上げようとした。

「わたしはわりに演出の好きな人間でしてね。こういう仕掛けに魅せられる次第です。でも、もうあきるほど楽しみました。さ、帰りましょうか。もちろん宝探しに付き合ってほしいとおっしゃるなら、お供しますが」

「すると、わたしは真夜中にお宅の敷地を掘り起こさねばならんわけですかな。まあ今日のところはこれでお開きにしましょう」アプルビイは階段の先端についた跳ね上げ戸に近づいた。「ところで、明日の昼までにこの設備をすべて撤去できたら、職員の手際はお見事というほかありませんな」腕時計に目をやった。「いや、今日の昼までというべきか」

「そうですね——ただ連中には夜明けにも作業するのが職責だと伝えてありますが」アリントンは周囲にちらりと視線を投げた。「ここにも見慣れないガラクタの山があるな。あのすみにある荷物はなんだろう」

アプルビイは相手の視線を目で追った。今までずっとガラスの外の星座にも似た照明を見ていたので、二人とも室内の弱い琥珀色の光に目が慣れていない。

「あれは——」アプルビイは三歩ですみに寄ってしゃがんだ。そのまま黙り込んだ。一分近く経ってからだを起こした。「荷物ではない」重々しく言った。「人間です」

「なんですって?」当惑と恐慌の入り混じった声が家主の口からもれた。

「人間です」アプルビイは厳しい宣告をするように繰り返した。「男の遺体らしい」

オーウェン・アリントンはともかく、アプルビイは思わぬ場所や謎めいた状況下で人の遺体をいやというほど見てきたので、べつに取り乱しもしなかった。それどころかこんなことさえ頭に浮かんだ。べつに興味もなかったのだから、ソン・エ・リュミエールの敷地見物など遠慮せずにきっぱり断っていれば、どんな不幸だか災難だか知らんが面倒に巻き込まれずにすんだのにな。

アプルビイにはまた、おのれの幸運に感謝する余裕も——おまけにアリントンに対して、あなたも感謝しないとだめですよと、ずけずけ言えるだけの余裕も——あった。我々が犠牲者でなくてよかったじゃありませんか。何が起きたのかはやがて明らかになった。あきれるほど多数の電気装置を具えて中空に突き出ているこの珍妙な箱は、本来なら緊急事態の際に責任を負うはずの人々からほったらかしにされていた。なるほど、客観的に見れば対処するのが困難な事態ではあっただろうが。ともかく被害者の男は一人でここに上ってきて感電死したというわけだ。

本人が無断で入り込んで思わぬ災難が起きたという点は、ほとんど誰も否定しえまい。アリントン・パークのソン・エ・リュミエールは、一〇以上ある周辺の村で話題になっていた。この設備に対して、火星から届いたデルポイ神殿の青銅の三脚台に対するがごとくに人々が好奇心を抱くのは、自然なことだった。今までにも、暗闇のなか冒険好きな子どもたちが階段を上ってきたかもしれんなと、アプルビイは険しい表情を浮かべながら思った。

アリントンが主電源を見つけた。もうこれで安全だ。しかし当面この男はそうっとしておいたほうが無難だとアプルビイは察した。神経がまいっているようすだ。からだがぶるぶる震えている。階段を上がり切ったところにあり、なんの変哲もない一本の懐中電灯のみが光る真っ暗な部屋に、妙な遺体を見つけた二人の男。

「きっと浮浪者だ」アリントンが言った。「今晩ここを仮の宿にしようとしたんだろう」

「かもしれん」アプルビイは手早く遺体を調べた。年齢は二五前後か。髪は赤い。社会の上層に属する人物には見えない。「お宅のテラスの明かりも消えていて残念ですな。この敷地と電源が同じ照明装置はあそこだけのようですが」

「ええそうです。今朝ほとんどの部分を片づけさせました。あれも仰々しくて馬鹿げた代物だった」もうアリントンにとってソン・エ・リュミエールは自慢の種ではなくなったらしい。

「しかたない。ここはわたしに任せていただいて、お宅へお帰りください。懐中電灯をお持ちになって。警察を呼んでください。それからかかりつけの医者も呼ばれたほうがよろしい。先方も嬉しくはなかろうが、地元名士の一大事とあらば飛んでくるでしょう。この手の問題が起きた場合、当事者でない誰かに付き添ってもらうのも一法です。保険会社の人間にとっても参考になりそうだ」

「保険会社？」

「そうです。当然ながら突発事故に備えて保険はかけてあるでしょうな。この男の身元や不法侵入の経緯《いきさつ》はともかく、生活をこの男に頼っている者がいる場合、補償問題が生じるでしょう」アプルビイは淡々と言った。「冷淡に聞こえるかもしれませんが、そうした現実的な問題も考慮しておかないと。使用人を起こして敷物とお湯入りの瓶をすぐ持ってくるよう命じてください」

「で、でも――」

「ええ、男はたしかに死んでいる。しかし我々は医者ではない。打てる手はすべて打つのが得策だ。死因審問でもいささか賢く見られますよ」自分がいらついていることに気づいてアプルビイはふと黙った。ここで憎まれ口をたたいても仕方ない。「少し震えておられますね、アリントンさん。ずけずけした言い方で失礼。それでもすばやく適切な処置を施せば、まあ少しは気も楽になるのです」

「すぐ行きます」だがアリントンはぐずぐずしている。「今夜中にマーティンが来てくれると助かるんだが。お話ししたとおり、こちらはずっと待っていたんです。あいつなら支えになってくれるはずだ」

「明日になれば支えてくれる人がぞろぞろ現れますよ――それに教会の祝典もあるんでしょ。とにかくわたしは自分のできることをやりますから」

「いや本当にご親切さまです。わたしとの晩餐がこんなかたちで終わってしまって、なんと申し上げればよいやら。接待役としては失格かもしれません」

ずいぶん気張った言い回しをするなとアプルビイはいぶかり、あえて返事をしなかった。オーウェン・アリントンは階段を下りてゆき、この部屋からでは視界に入らぬ屋敷の前にある細長い庭を歩きだした。が、すぐ引き返してきて死者を弔った。アリントン邸のソン・エ・リュミエールは実に不幸な幕切れを迎えた。しかしあと三〇分もすればこの件はもうおれの手を離れるはずだとアプルビイは思った。検死官から証言を求められるだろうが、それは何度も経験してきたことだ。

今はとにかくじたばたしないのが自分の役目だ。すみに横たわる男が息絶えていること、さらにはこの場を去るに去れぬ状況が生まれたことで、アプルビイは何やら充実感を覚えた。これから捜査が始まる。ただ本当に捜査が必要な一件なのか。いずれにしろ退職した警視総監の出る幕じゃなかろう。もし自分が意見を述べれば、地元警察としてはむろん無視などできまい。同時にじゃ、ま、く、さ、い、な、という不満も抱くだろう。

しかし、事件の発生を知りながら、ただじっとしているのは自分の性に合わない。アプルビイは自身と夜の世界とを隔てているガラス窓に近寄った。窓は溝に沿って滑るように作られている。少し外の空気を入れてもかまうまい。アプルビイは窓を開けると暗闇のなかへ身を乗り出した。遺体のそばにいて一呼吸置いてみると、たばこを一服吸うぐらいはさほど不道徳なふるまいでもなさそうな気がしてきた。目の前でぱっと燃え上がったマッチの火のせいで一瞬まわりが見えなくなった。だがすぐに、自分がじっと視線を注いでいる夏の夜は、もはや深海のごとき暗黒ではないことがわかった。もう夜明けなのか。いや、これは夜間に外出した人間を惑わせる例の気象の異変だ。太陽がまもなく東の空に昇り始める時刻なのに、なんと月が出てきた。弱い光が公園をじわじわ満たしてゆく。

今晩は時間が何やら妙な流れ方をしているなと、腕時計の蛍光性の文字盤をちらりと見ながらアプルビイは思った。ベッドに入るころには夜は残り少なくなっているだろう。ともあれ今は月が控え目に自己主張している。今の自分よりもっと気楽な立場にある者なら、こんな光景を眺めれば心を和ませたり、詩情を感じたりできるかもしれない。しかし非常事態に直面しているはずのアプルビイも、高い木々の輪郭が次第にくっきりしてゆくさまや、幽霊を想わせる影が芝生にかかってゆくさまを満足げに見つめた。そういえば、チャールズ一世の財宝とやらが敷地のどこかに埋まっているそうだ。だがアプルビイにはとても信じられぬ話だったし、アリントン自身もはなから信じていないかに見受けられた。とはいえ真に受けた連中もいるらしく、真夜中に他人の敷地に入り込んで探し回っているわけだ。あるいは死んだ男もそんな一人だったのか。

アプルビイは振り返ってためらいがちに遺体へ近づいた。今ふと気づいたことを立証する材料を探すかのように。いや、やめよう、馬鹿くさい。少年向け冒険物語の筋書きじゃあるまいし。遺体を調べたらポケットに古い地図が入っていて、宝物の隠し場所を示す赤錆色のバツ印がついているとか。現実はそんなに都合よくいきゃしない。

アプルビイは窓辺に戻った。水面がちらちら光っている。池を囲む長い私道の存在を知らせる白線も見えた。近くの地平線上に一条の光が現れ、弧を描き、消えていった。あれは大通りを走る車かトラックか。ほどなく州警察の到着があんなふうに示されるだろう。自分は夜明けとともに車で帰宅しよう。他人さまの仕事のじゃまをせずに帰ろう。

もちろん頭が働くのは止められない。気がつくと死んだ男のことを考えている。こいつはいつ息絶えたのか。この遺体に初めて触れたときの感触をアプルビイは思い出した。アリントンにも言ったとおり我々は医者じゃない。だが世の中には、長い半生を地道な犯罪捜査に費やし、ついには警視総監にまで上り詰めた男ならではの勘が働く事柄もあるのだ。
ついさっきだぞ。アプルビイは自分に言い聞かせた。男はついさっき死んだんだ。

# 4

「ずいぶん変な話ね」ジュディス・アプルビイが言った。

「こっちの出る幕じゃなかったよ」夫が答えた。「あの鳥、出してやらなきゃな」一羽のツグミがラズベリーの保護網の下に入り込んでいた。それからの二、三分間をジョン・アプルビイはもっぱら鳥を逃がしてやることに費やした。「わたしは警察官じゃない、というか、もう現役じゃないから」

「ジョン、あなたって、もったいぶって見える人と対面すると、いつもまず自分が警察官だってことを神のお告げのように言うのよね。ヴィクトリア朝の小説に出てくる都会の紳士を気取った男みたい。ほら、わたしは正真正銘のイギリス商人だぞってどなる男よ」

「わかった、わかった。まあ話を元に戻そう。今はアリントン邸の怪死事件など放っておけ。それよりまたお困りの鳥さんがいるぞ。この網はまったく使えんな。ノアの箱舟の昔からある代物だが。今年の冬にはフービン親子に鳥かごを作ってもらおう。で、かごのなかにイチゴなど種のない果物を入れてやる、と。そうするしかない。しばらく前から考えていたんだ」

「鳥かごね。ぜひお願い」二羽目のツグミの向こうからジュディスが慣れたように拍手した。ジュディスは午前半ばの列車で帰宅していた。夫婦は庭を見て回っている最中だ。「あなた、ハチを飼ったらいいわよ。知的な趣味になるらしいから。観察や研究の成果を論文にまとめたらどう?」ジュディスは網を元の位置に戻した。「そりゃ、わたしもこの話はとても古くさい《オールドハット》って思うわ」

「なんのことだ――古くさいって」

「アリントン・パークの死よ。推理小説としてはどうしようもない年代物って感じ。だけど地元に住む人に起きたことなのよね。まだ事情が不明だし」

「近所の住人が自ら命を絶った一件ではなさそうだ。オーウェン・アリントンも遺体には心当たりがないらしい。不明と断じるのは早計だな。警察と検死医の努力できっと解明されるよ」

「あなたもいろいろ聞かれるわね」

「まあ」

「ね、はたしてあなた、地元の捜査当局に対して優れた観察眼の持ち主って印象を与えられるかしら。出し物を操作しているその展望台とかいうもの、広さはどれぐらいなの」

「けっこう広いよ、ああいう脚柱にどっかり載っているんだが。縦横ともに一二フィート(約三・六メートル)はある――我が観察眼に狂いなしならば」アプルビイはジュディスの表情をうかがった。これから妻が何を言うか、見当がつかなくもない。

「あなた方はなかにしばらく閉じ込もって、リュミエールを肴《さかな》にだらだら時間を過ごしていたわけね。遺体のご臨席を賜っていたことにも気づかずに」

「明かりが暗かったんだ。遺体のご臨席を賜っていたという言い草には異論があるな。そのお方はすみっこに押し込められていたんだぞ。ベンチの下あたりに」

「そんなの意味ないわよね。感電って一瞬の出来事で、黒焦げになるまで電気を流せっていうひどいあれじゃないから」

「まあな。しかし今回のも十分ひどいありさまだったが」

「それに炊事場のなかみたいなにおいが漂ったはずよ」胸のむかつくようなことをジュディスは再びさらりと言った。「だからおかしいわね、どうして――」

「わたしもわからん。やつがこっそりあそこへ入ったのは妙な話だ」

「階段を先に上ったのはアリントンさん？」

「うむ」

「暗いなかを？」

「そうだ」アプルビイは妻に微笑んだ。「我々も少しは真相に近づいているのかな」

「アリントンさんはまず遺体を押しのけた。それからほの暗い電気をつけた。その後で、せかすこと厳禁という貫禄たっぷりのジョン・アプルビイ卿が、階段をふさぐように悠々とお上りあそばした」

「法廷に笑い起こる。証人に戸惑いの色濃し、ってところか」

「だけどまだぴんとこないわ。どうしてその人、そんなことしたのか」

「まったく、どうしてかな」アプルビイは困り顔になった――目の前にある古いレンガの壁の上に見えるモモの花を数え損なったからだ。「お、そうだ、結局のところ昨日は観察不足のままだったことをまだ言っていなかったな。あの展望台とやらに入ったときはむろんだが、出るときも遺体があることに危うく気づかぬままってところだった。アリントン氏がご親切にもお教えくださったんだ」

「え、『ほら見てごらん、遺体があるよ』って？」

「そういうわけじゃない。正確には『あのすみにある荷物はなんだろう』だ。そこでわたしが歩いていくと、くだんのものが横たわっていた。遺体の存在をアリントンが知っていた――突飛な想定だがね――として、わたしに気づかせたかった場合、部屋に入ってすぐそう仕向けていたはずだ。何もベッドの下に押し込んで、ぐずぐず時間を稼ぐ必要はなかっただろう。違うか？」

「どうかしら。ご本人にすれば、一〇分か一五分の猶予があれば、危害を加えた相手が確実にあの世へ行ってくれると思ったのかもしれない」

「きみほど背筋も凍るほどの想像力を駆使できる女性は世間に二人とおるまいな。これは電線がらみの不幸な偶発事なんだ。なのにきみは、声望高い大地主さまのふるまいに何か怪しい点を見つけださんと、くんくん嗅ぎ回る始末だ」

「あら、わたしなんか、できるのはせいぜいその〝くんくん嗅ぎ回る〟ことぐらいよ。なにしろ素人だもの。でもあなたは玄人なんだから、すんなり真実に行き着かないと」なんの迷いもなさそうにジュディスはとうとうと論じた。「アリントンさんがほんとに嫌疑をかけられたら悲惨な話ね。だから思うんだけど、あなたとしては――」

「きみがあの男に関する空想物語を長々とでっち上げている以上は――」一瞬アプルビイは言葉に詰まった。「よし、これを吹きかけるか。どうも葉っぱの見栄えがよくないから。午後にでもやるとしよう」

「だけどジョン、二人で祝典に行くの忘れないで」

「祝典⁉　なんの祝いだ」アプルビイは目を丸くして妻を見た。「そんなものご免こうむる」

「何言ってるの、アリントン・パークでやるじゃないの」ジュディスはあきれたように答えた。

「あそこでやれるわけがない。昨日は人が死に、今日は人の死より不愉快な祝典だとな。無理に決まっている」アプルビイは言葉を切って相手の反応をうかがったが、夫の苦し紛れの軽口に妻は知らん顔だった。「連中も延期するほかあるまい」

「そんなことないわ」ジュディスはぐいと頭を横に振った。「不幸な出来事があったぐらいで」

「きみはさっきからずっと――」

「逆にあなたにとっては、またあそこを観察できる機会到来じゃないの」

「そんな機会は願い下げだ。祝典参加はお断りする。なんと教区牧師が賭場を開くところだぞ。わたしの立場で、そんなもの黙認できる道理がない」

「行かなきゃだめよ、ジョン。ウィルフレッド・オズボーンに失礼だもの」

「オズボーン？　あの男になんの関係があるんだ」

「アリントン・パークの催しには必ず参加しているんですって。前の所有者として、寄りつかないのは礼に反すると思っているのね」

「なるほど、筋は通っている。だけどうちには関係ない話だろ」

「ジョン、なぜわたしが早朝の列車で帰ってきたか、わかる？　ウィルフレッドを昼食に誘ったのよ。で、三人そろって行くことにしたの」ジュディスは庭にちらりと目を向けた。「あ、ご登場」

古びたツイードの服をまとい、妙な風格を漂わせている細身のオズボーンが夫婦に手を振った――ジョン・アプルビイ卿夫妻に対して、愛想を示していると同時に、今度はそちらの番だよという意思を伝えているのだ。オズボーンはアプルビイ宅の庭師フービン老と言葉を交わしている。やりとりは型どおりの挨拶から始まり、けんかとも見まごうばかりの活発な議論に発展し、最後はしょんぼりとした慰め合いで終わったようだ。フービンが来客に陰気な顔で首を振り、相手も陰気な顔で首を振り返した。園芸に関するあらゆる努力の末に必ず訪れる悲惨な運命が、両者共通の論議の基盤だった。

「やあ、ジュディス、元気そうで何よりだ」オズボーンは家主の妻にキスをして夫と握手をした。

「どうだい調子は、アプルビイくん。退屈していないかな。今のご身分じゃ、指紋だのなんだのにわずらわされず暮らせるんだろうね、ロング・ドリーム荘（アプルビイ夫婦の住む荘園の名。『アプルビイズ・エンド』〔一九四五年〕にも出てくる）で」

この罪のない揶揄にアプルビイもうまい答えを返した。ああ、おかげさまで、我が女房殿のことをゆりかご時代からご存じらしいみなさんと、即《つ》かず離れずの楽しいお付き合いをさせていただいているよ。アプルビイはオズボーンにはまずまず好感を抱いていた。遺憾ながら知的刺激に富む会話は期待できなかったが、いくぶん馬鹿らしいやりとりをする際も不愉快な気分を味わわされずにすむ相手だった。話しぶりからはつねに慎みも感じ取れた。オズボーンには、世における自らの立場に一度も疑いを抱く必要のなかった者に特有の、完璧な自信と儀礼上の謙虚な態度とが具わっていた。が、今やその立場は急落してしまった。ドグベリー（シェイクスピアの『空騒ぎ』〔一六〇〇年〕におけるおせっかいな警官）と同じく、オズボーンは喪失感を覚えていたに違いない。なにせかつての羽振りのよさは今や見る影もないのだから。しかしそんな物理的状況の変化は、外から見る限り本人には無意味であるらしかった。現在はこの世に生まれたときと同じ状態に置かれている。ヴィクトリア朝中期における獣脂業の第一人者の曾孫は、自分に代わりアリントン・パークの所有者となった騎士党員および十字軍戦士の末裔よりも、ずっとはっきり貴族的理念を体現しているかに見えた。

「フービンはモグラの心配をしているようだな」オズボーンが言った。「無理もない。お宅の奥のやぶにモグラがたくさんいるんだ。そいつらを始末しないと。なぜだかわかるでしょ、ジュディス。お宅のクローケー（二組にわかれたチームが木槌で木球を打ち合い、地面に立てた逆U字型の鉄門をくぐらせてゆく遊戯）場が荒らされるからだ。お宅にはいつかそのうち付き合いのある人間を集めて、トーナメント戦を催してほしい。クローケー好きの老紳士淑女は全員集合だ。みなそれこそ徹夜で各々の戦略を練るよ。だが同じ夜にモグラどもも元気に動き回るに違いない。だから招かれた人間が顔をそろえて、木槌を振り回している最中に――」

「大騒動が起きそうだ」アプルビイが応じた。「どうしたらいいかな」

「フービンはモグラ捕りを雇ってくれと言ってくるぞ。だがそれには自分の家族の事情がからんでいる。ハンナ・フービンの息子が地元のモグラ捕り業者なんだ」

「ハンナ・フービンの息子？」アプルビイもこの手の会話にはもう慣れた。「あの白髪まじりのあごひげを生やしたやつか？」

「そのとおり。だがそんな事情は関係ない。モグラを撃ち殺せるかどうかが問題なんだ」

「撃ち殺す⁉」アプルビイは唖然とした。「わたしはリスやハトならたまに撃つし、そのうちウサギを撃とうかとも思っているが、モグラは勘弁してほしい。だいいち、まだ生きたモグラを一度も見たことがないんだ。地上には出てこないんだろ」

「アプルビイくん、わざわざその目で見る必要はないんだ」相手の無知にオズボーンは邪気のない笑みで応じた。「脚立があるだろうが。あれを各々のモグラ塚の上に順番にかけて、穴めがけて銃を撃てばいい。もちろん間合いが大事だ。モグラってやつは時間どおりに活動する。かつては正午が狙い時だったが今は違う。夏のあいだは少しずれるかもしれない。その場合は防虫剤を使ってみるつもりだ。モグラは防虫剤には注意を向けない」

「どう、そろそろなかに入ってお昼にしない？」ジュディスが言った。好物のコールドサーモンと白ワインを楽しみつつならば、夫も田舎の生活の知恵を受け入れてくれるのではと妻は思ったのだ。

「祝典にも遅れないようにしないと。最初から参加したいから」

「ジュディスもわたしもソン・エ・リュミエールを観そこなってしまってね」コーヒーを飲みながらアプルビイが言った。「だがアリントンがゆうべ内容を話してくれた。自分も心ゆくまで楽しんだらしい——もっとも、どれほど人騒がせな代物だったか少しずつ気づき始めているようだが」

「そうしてそのゆうべに」ジュディスが夫のあとを受けた。「ほんとに人騒がせなことが起きたの。あなたも聞いたかしら、ウィルフレッド。アリントンさんの案内でジョンが照明施設のなかにいたとき、男性の遺体が見つかったのよ。感電死ですって」

「なんと！」オズボーンはぎょっとしたようすでカップをテーブルに置いた。「敷地に迷い込んだ人間か？」

「わたしが帰るときにはまだ身元不明だった」アプルビイが答えた。「好奇心を抑え切れないまま起こした軽率な行動が災いしたようだな。それにアリントンから、自分が主催している見世物から生まれた一つの結果にまつわる興味深い話を聞いたよ。あの敷地のどこかに財宝が隠されているらしい。たしかにわたしがいたときも敷地をうろついている連中がいた。宝探しというわけだ。現実離れした話だと思うがね。アリントン自身も疑わしそうだった」

「その財宝とやらに関しては伝説がある」オズボーンが思案ありげに言った。「わたしも幼いころ想像を掻き立てられたものだ。兄と二人で地面を掘ったこともある。もうとっくに忘れていたが、伝説は消えずにいたんだな。楽しい思い出だった。しかしつらいな、人の死という結果を招いたとは」

「まだそう決めつけるのは早い」アプルビイは前夜の出来事をかいつまんで語った。「宝探しをしている人間がどうして照明機器のある場所まで上がったのか、理解できん」アプルビイはいったん言葉を切ったが、ぐっと顔をしかめてまた口を開いた。「オズボーンくん、きみはあそこの催しには行ったのか」

「初日の晩に行った。ジュディスも知ってのとおり、わたしはアリントン邸にまつわる事柄については、知らん顔をしていると思われないよう気を遣っている。それに実際あれは悪くない企画だったよ。出来もよかった。慈善事業の資金集めとしては大成功だ」

「財宝を扱った出し物には、ありかを示唆するような部分はあったのかね」

「ううむ、どうだったかな。正直なところ、ところどころで眠気を覚えてね。わたしの場合、歴史やらなんやらはそんな効果を生むことが多い。といっても心地よい効果ではなかったが。財宝に関する部分が始まると、いわば幻影の炎のような効果が生まれた。つまりここかしこに光が現れて敷地の奥へと向かっていくんだ。そういえばいつも同じ場所で消えていったようだ。まるでそこが目的地であるかのように。しかしまあ頭が混乱したよ。それが目的だったのだろう。あとでその場所を突き止めるのは難しいだろうな」オズボーンは頭を振った。「きみの言わんとすることはむろんわかる。だが、よほど無教養な人間——要するにマヌケ野郎だ——でもなければ、そんな戯言《たわごと》は信じまい。分別ある人間なら、宝物の隠し場所が、ふむ、脚光を浴びているなどと考えるわけがない」

「当然の見方だな」妻が腕時計に視線を落としているのを横目で見ながらアプルビイが答えた。午後の出し物が始まる時刻に合わせてアリントン邸に行かなければと、ジュディスは決意しているようだ。

「しかし、幻影の炎が信頼に値する導き手だと信じるほうが理屈に合うのではないかな。再び炎を燃やすのも無駄ではないと思うがね、じっくり周囲を観察するために。わたしはアリントンから、自分の目で見てくれと促されたんだ。どんな仕掛けになっているのかはまるでわからんが。なにせゆうべわたしがやったのは戯れにスイッチを二度ほど入れただけだから。だがまあ、なんらかの台本だか脚色だか計算だかがあるんだろうと想像はつく。あの代物――リュミエールのことだが――は、誰かの指示に従って一連の場面を表現するようできているに違いない。あれやこれやと操作すると、財宝探求の場面が――むろん、リュミエールに見合うだけの大量の音響《ソン》とうまく合体して――現れるのだろう。ところで、オズボーンくん、この件に関してこんな突飛な見方をするようわたしを仕向けたのはジュディスなんだ――無残な最期を遂げた男が、やたらそこいらを触っているうちに、秘法発見の手がかりをつかんだと思ったのかもしれないとね」アプルビイはいったん間を置いた。「可能性は低かろうが、方針は立てられた。これを取っ掛かりとするしかないな」

「車を出してくるわ」ジュディスが口をはさみ、すっと退室していった。

「なあ、きみ」アプルビイは思案ありげに言葉を継いだ。「ジュディスのことはよちよち歩きのころから知っているんだろ」

「そりゃもう。ボンネットをかぶって産着をまとっていた姿を思い出すよ。当時は幼児に妙なものをかぶせていたものだな」

「そのころから、うちの奥方は我を通すすべを心得ていたのかね」

「そいつは少し言いすぎだろう」ウィルフレッド・オズボーンは平然と答えた。「しかし幼いころから一本筋の通った性格をしていたのは確かだ。何より大事な点だよ――ふむ、そう――生存競争においては。わたしなんかよく思ったものさ、ジュディスと結婚する男は幸せ者だろうなと。よく出来た女房だろ、え？　さ、楽しい昼食だ」

## 5

アリントン・パークにおける毎年恒例の祝典は、当主の控え目な説明とは異なり、かなり派手で知名度も高かった。二箇所のドリーム荘（ストーニー・ドリームとアプルビイのロング・ドリーム）やリンガー村、さらにはボクサーズ・ボトム村（ともに周辺に設定された架空の村）からも見物客が訪れた。この慈善事業の内容自体に興味を抱いている者は皆無だったが。アリントン邸のビレッジホール（イギリスの田舎における各種催し物の開催地）では、すべてのドアのちょうつがいが外され、半数の窓が開けられていた――だがそんなこともリンガー村の人間にはなんの意味があろう。天候は荒れ模様で、説教壇からぶつぶつ小声で説教しているスクレープ師の首を雨水が伝わっている。聞き手はオーウェン・アリントンをはじめ、アリントン邸の農園管理人夫婦、スカール老（鐘を鳴らした人物）、そして内陣《チャンセル》（教会堂の東端にある合唱隊や聖職者の席）へと問答無用に押し込められ、冗談半分に合唱隊と称されている地元の村の若者たちだ。ともあれこの催しについては、ボクサーズ・ボトム村の誰も常軌を逸した代物とは思っていないだろう。新しい運動場（郷士《ごうし》オーウェン・アリントンの寄贈物）に更衣室と手洗所を造る計画は、もしほかの村にある同様の中心地区で喧伝《けんでん》されていたら、単なる夢物語だと一笑に付されていたはずだ。

しかしながらアリントン・パークには人が続々と集まってきた。男たちは、オーウェン・アリントンの狩場番人の指導のもとでクレー射撃を楽しみ、三ペンス（安っぽいことの比喩）くじを引く我が子に対しては、棒付き飴《ロリポップ》や漫画本ではなくウィスキーかジンを当ててくれよとひそかに願った。子どもはで、自分たちより恵まれた境遇にある〝同時代人〟の小馬に乗ったり、奇声を発したり、走り回ったり、仲間や大人とぶつかり合ったり、ときには池に飛び込んだりした。女たちはといえば、おしゃべりを楽しんでいる――いや、それに主催者側に対して、市場に関する哀れむべき無知ゆえに、あるいは見物客の機嫌を取らんがために、市価よりずっと安くフルーツケーキやチャツネ（果物や野菜を酢や砂糖などで煮詰めて作るインドの調味料）やジャムを提供してくれるのではないかと、消費者として当然の期待も抱いている。以上のような事象こそ、この健全なるイングランドの祝典において賭博をおこなう主たる原動力なのだと、人は異口同音に断ずるかもしれない。

　快晴の午後だ。日差しを受けてきらきら輝く水面を見やりながら、屋敷の北側にまっすぐ通じる長い私道へとアプルビイは愛車のハンドルを切った。池越しのやや西側寄りの地点に城が見える。見えないのはソン・エ・リュミエールのために組んだ足場だ。果たせるかな、すでに取り外されていた。代わりに大型の天幕一枚と小型の天幕数枚が張ってある。その辺からかすかに音楽が流れてきた。アリントン邸の屋根にすえられた旗が風にひるがえっている。

「なんともお早いことだ」アプルビイはつぶやくと同乗者に声をかけた。「たぶん連中は展望台も撤去しただろうな」

「主催者にすれば興をそぐ元凶だったんだよ」オズボーンが応じた。「楽しく時を過ごすべき場で、前の日のいやな記憶をよみがえらせる因《もと》になる目立った――文字どおり目建っていたわけだからね――代物など、誰だって見たくもなかろう」

「たしかに。しかし警察は何を考えているんだ。臨時に造った施設で身元不明の遺体を発見してからまだ半日しか経っていないのに、もうその現場を取っ払うとは」

「オーウェンが求めたのかもしれない」いくぶん皮肉まじりにせよオズボーンはあっさり答えた。

「有力者からの要求なら無理もなかろうさ」

「イングランドでいちばん緑多き地域ならばとくにそうよ」ジュディスもあとに続いた。夫の気乗り具合をよく見ていた妻は、これなら脈ありと踏んだ。「ジョン、なんなら警察に協力できるかどうか、プライド大佐と話し合ってみたらどう」

「警察本部長と？　くだらん、ごめんこうむる。向こうだって、一線を退いた男は引っ込んでいろと思っていようさ。まあ、プライドがこのおかしな事件を担当するなら非公式に話はしてもいいが。だがあいつはどうも好かんのだよ」

「アプルビイくん、トミー・プライドの言動に、いちいち腹を立ててはいかんな」平和主義者を気取っているのか、オズボーンが口をはさんだ。「悪い人間じゃないぞ。なかなかの経歴の持ち主だし。たしかに、当世ふうの言い方をするなら、あまり〝切れる〟ほうではないが。それから、当然ながら、犯罪者の内面などについては無知だね」ジュディスがいきなりけたたましく笑った。オズボーンは虚を突かれたように黙りかけたが、すぐ言葉を継いだ。「ただし、あの男はやや警戒心が強いかもしれない――きみのような斯界《しかい》の権威に、地元地域を動き回られることに対してはね、ジョン。なあアプルビイくん、ジョンと呼んでもいいかな。さほど無礼にあたらなければ、だが」

「ああ、けっこう。たしかに、ウィルフレッド、プライドについてはお説のとおりだろう。だがあの男の存在が頭に浮かんだせいもあって、ゆうべわたしは事件に首を突っ込む気になれなかったんだ」

「ところで、どうして池と私道がこんなに長くまっすぐ寄り添っているのかしらね」話題を変えたほうがよさそうだと察したジュディスが口をはさんだ。「ハンフリー・レプトン（一七五二～一八一八。イギリスの造園家）か誰かが設計したの？」

「設計じゃない。レプトンは改良してくれたんだ」オズボーンが笑顔で答えた。「『造園術における嗜好の変化に関する考察』（一八〇六年）にこの敷地のことが載っているよ。レプトンはわたしの曾祖父の頼みだからと、作業を請け負ってくれた。これはかなり珍しいことなんだ。オズボーン一族の場合、結婚した者もいたが、みな晩婚でね。わたしの曾祖父はいわゆるロシア商人だった。なぜロシアというのかは知らない。あそこから獣脂が大量に入ってきたらしいが。クマから採ったようだ。ん、なんの話をしていたかな」

「レプトンよ」

「あ、そうか。レプトンは紳士だった。自分は財産を失ったが、プロの庭師が貴族階級や紳士階級や新興有産階級に加わるきっかけを作ったんだ。そういっていいだろう――どうだ、ジョン。で、我が曾祖父はいたく感心してレプトンを重用したわけだ。当時は自宅の水たまり《ウォーターズ》――というほうが合っている――を曲がりくねったかたちに造っていたものだが、この敷地ではこんな具合に長くまっすぐな堤を築く必要があった。本来ここは浅底の採石場で、城の仕上げ部分の石が切り出されたんだ。だが臨機応変に対処する才に恵まれたレプトンは、オランダ趣味への回帰を表現するのも一興だと考えた。で、四分の一マイルにわたるチューリップ花壇を取り入れたわけだ。むろんこれが造園の主眼点ではなかっただろうが。きみ、バークシャー（イングランド南部の州）のアッシュダウン荘を知っているかな。我が国で最も興趣をそそるオランダふう荘園だ」

話のあいだも車は私道を走っている。ゆっくりと――というのも様々な車がずらりと縦一列に並んでいるからだ。オズボーンはアリントン・パークにまつわる逸話をさりげなく披露し続けた。元の自宅に対するオズボーンの愛着のほどがわかるなと、アプルビイはふと思った。同時にまた、この愛想よい年配の男には、かつて兵士だったことは別として定職に就いていた経験はあるのかなとも思った。たぶんアリントン邸を所有していた時分にはいっぱしの〝管理者〟だったのだろうが、屋敷を手放してからは何をしていたのか。わっと不幸に襲いかかられた地所から、運よく持ち出せたものを糧として生きてきた気もする。ジュディスなら事情を知っているだろう。

音楽は、遠い地点にいても、盛大に流されているのがわかった。軍楽隊の演奏を想わせる迫力だ。リンガー村のラジオ商で、ウィリアム・グッドコールなる若者の所有するバンが音源だった。バンの車体には肉太字体《ボールド》で**拡声装置**と書いてある。そのことを人に訴えんとするかのように、ときおりメロディに代わって妙に乾いたバリバリいう音が流れた。これは人の声で、見物客の少ない出し物をけんめいに宣伝しているのだが、聞いている側には正確な意図が伝わらなかった。周辺地域を回りながらアイスクリームを売っているバンもある——ことによると、ビレッジホールを盛況にいたらしむるべく客を開拓しているのかもしれないが、おそらくは便乗して一儲けをもくろんでいるのだろう。敷地の手前側に生えている見事な二本のオークのあいだに、長い架台式テーブルがすえてあり、背後ではアリントン邸やその周辺に住む中程度の身分の女たちが、一杯につき半クラウン（旧二シリング六ペンス貨。一九七一年に廃止）で提供するお茶の準備にかかっていた。その近くには、スフィンクスの頭や三日月やほうき等々、謎めいた知識を暗示する模様——どれも色紙を切り抜いて作ってある——がいくつも施された広い更衣用の天幕が張ってあり、なかでは年配の郵便局長ミス・パイフィンチが希望者に対して一回一シリングで、少年少女にはお手軽コースとして六ペンスで、運勢を占っていた。ほかの女性陣はいくつも置かれた小型テーブルを前にして立ち、瓶に入った豆の数当てや、なんとオーウェン・アリントンの正確な体重当て（服やグレーの山高帽を含んで）をしてみませんかと、客の呼び込みをしている。

「うまい企画を考えたものだなあ」アリントンの体重当てをながめながら、オズボーンは感嘆の声を上げた。「好評を博しているぞ。連中、賞品やらなんやらを出すと発表して、最後の最後にアリントンの目方を量るわけだな。いちおう表面上は謙虚な目下の者に対する態度やら和やかな雰囲気やら格式やらは、それでも見事なほど維持されている――そうして体重が発表されると、客は拍手し、アリントンは帽子を取ってみなに応えるんだろう。で、あの男は一人の老婦人と言葉を交わし、次いで別の老婦人とも言葉を交わしてから屋敷に引っ込んで表には出てこないわけだ。なぜなら屋敷に集まってきた上流人士とシェリーを飲みながら歓談するからさ。もう帰ったほうがよさそうだな」オズボーンはいったん言葉を切り、また口を開いた。「正直なところ昔を思い出すよ」

アプルビイは相手の話にじっと耳を傾けていた。オズボーンはまったくの寛容の精神にもとづいて語っていたように思えた。だが心の奥底に秘めたもののせいで、本人の凡庸な言語運用力では抑え切れなかったのか、言葉の端々に心もち冷淡さが表れていた気もする。

「ほら、見て！」ジュディスが声を上げた。「これから開会よ。間に合ってよかったわ」

「バーサ・キルカノンがいるな。あの女《ひと》はわたしの母親より若いが、二人は親友同士だった」オズボーンはここでふと口を閉じたが、また話しだした。「じっくり観察したほうがいいよ、ジュディス。来年たぶん順番が回ってくるから」

「ジュディスはもう目利きだよ」アプルビイが言った。「だから夫婦で早い時刻に来たんだ。こういう場にはジュディスは何度も参加している。本を書き上げるためらしい。ささやかな専門書のようだが、ご本人の言葉によると、わたしが物すはずのミツバチの飼育に関する書物と同時に上梓なさるそうだ」

レディ・キルカノンはオーウェン・アリントンをともなって小さな演壇に近づいた。エイドリアン・スクレープ師――文学修士《M・A》（オックスフォード大学）と、教会の掲示板に記されてあるのをアプルビイも目にしている――が直後に続いた。まるで断頭台に登った高名な生贄《いけにえ》に、これから最後の説教をして慰安を与えんとするかのようだ。キルカノン夫人は会場を見渡しながら優雅に微笑んだ。かつての王族ではないが、お上品な態度を示すつもりで、手袋をはめた右手を波のように何度も細かく上下に動かし始めるような気配もあったが、おのれの立場をしっかり心得ているご本人は、むろんそんな動作をしなかった。エドワード七世時代（一九〇一〜一〇）に生を受けたご立派な貴婦人というのが、このお方の立場だ。外務大臣たるお父さま《パパ》のために貴族院での演説用原稿を執筆したこともあり、今はつかえつかえしながら意に沿わぬ話をするつもりはなかった。なにもそこまでと思うほど老貴婦人としての女らしさを強調するように、透けて見えそうなひらひらした服装を重ね着した夫人は、骨ばった顔を斜め上に向け、男のような力強い声で現在の政治情勢に関する分析を始めた。思惑ありげな顔をしたアリントンが傍らに立ち、何度も小さくうなずいている。他方の側にはスクレープ師が立っており、わざとらしいこわばった笑みを浮かべている。実のところ牧師はじれったくてたまらなかった。というのも、一年のうち三六四日は（聖服《クロス》のために）抑えておらねばならぬ根源的な情熱が、今は体内に湧き出ているからだ。演壇の下では一般大衆が行儀よく口を閉じて立っている――その周辺では、大人の腕に抱かれた幼児二、三人が、まだイギリス社会のしきたりに不案内ゆえに致し方ないとはいえ、いつまでもはた迷惑な泣き声を上げているが。ただ一人、キルカノン・コートにある一一二の主要な短期滞在者用家具つき貸間《アパートメンツ》すべてに、ラジオとテレビの有線放送の設備を調《ととの》えようなどと、途方もない夢を抱くウィリアム・グッドコールが、「謹聴！　謹聴！」と叫び続けている。これで自分に対する壇上の貴婦人の覚えがめでたくなるはずだと、揺るぎない自信を抱いての行為だ。

「では最後に」一五分ほどしてキルカノン夫人が言った。「念のため、簡単にご紹介――それで十分でございましょう――しておきたいことがございます。我が亡き父によって――」

「謹聴！」ウィリアム・グッドコールは、家業の跡継ぎたる息子の手からイギリス国旗《ユニオンジャック》を引ったくり、大きく振り回した。

「我が亡き父によって、ロンドンでの第三回帝国議会――周知のように、一九〇七年四月一五日から五月一四日まで開かれました――のおりに、上院でなされた演説についてでございますが――」

「謹聴！　奥さま万歳！」

「『国家をして国家の平和を語らしめよ』――父の格調高い言葉でございます――『而《しこう》して卑しむべき政権はただちに退かしめよ』」キルカノン夫人は芝居がかったようすでいったん言葉を切った。「ご来場のみなさま、ここにわたくしは、大きな喜びとともに、新たな美しい施設《ホール》の公開を宣言いたします」

一瞬、場内は呆気に取られたように静まった。出席者のなかで感激しやすい部類の人々は顔を上げて、きょろきょろあたりを見回した。まるでフビライ（一二一五〜九四。元朝の初代皇帝）による命令公布の場合にも似て、この高貴なる名士の呼びかけで、ただちに堂々たる歓楽宮が現れ出ることを期待しているかのようだ。

ここでグッドコール氏がまた盛り上げ役を買って出た。

「奥さま万歳！　フレー、フレー、レディ・キルカノン！　奥さまに神のご加護あれ！」

　続いてそれなりの喝采が起きた。猟場番人の娘で、生まれつき自己顕示欲が強く、早く動きだしたくてうずうずしていたアリス・メラーズ嬢が意気揚々と前に進み出て、キルカノン夫人に花束を贈呈した。オーウェン・アリントンが出席者に盛大な拍手を促した。続いてスクレープ師もいやみっぽくならぬよう簡単に同じ趣旨のことを口にした。祝典が幕を開けた。

## 6

式の進行において、犬のラセラスが名誉ある役目を担っていることにアプルビイは気づいた。先ほどまでは登壇する名士一人一人に付き添っていたし、今は背中に募金箱を括りつけられ、決然たる態度で入場者のあいだをくまなく回っている。ラセラスはいやみなほどしっかりしつけられた犬だ。慈善事業の大義を訴えるその技芸は単純にして有効というほかなかった。狙いをつけた人間の前に来ると、ぴたりと止まるだけだ。相手がその場を立ち去るようなそぶりを見せると、この犬はすっと先回りして相手の足元にぺたんと座り込んでしまう。けちけちして醜態をさらすことになるのはごめんだと、アプルビイはフロリン銀貨（イギリスで一八四九年から一九七一年まで流通した二シリング貨）を犬の鼻先にぐいと差し出し、ちゃりんと音の出るよう箱のなかに放り込んだ。ラセラスはていねいにうなずいて去っていった——その後は日が暮れるまでアプルビイには知らん顔だった。

ジュディスはキルカノン夫人に目ざとく見つけられ、夫人の取り巻きの一人として各売店を回る儀式にお供するはめとなった。どうやら、定期船の出港に成功したと思っているらしいキルカノン夫人（牛飼いの妻ピーカヴァー夫人に向かって、「帆をなびかせ海へ出たみなの者に神のご加護あれ」と出し抜けに言い、相手を驚かせた）だが、消費者としての鋭い批評精神は堅持していた——ジャム入りの瓶を明かりにかざして品質を確かめたほどだ。さらには、牛飼いの妻が売っているジンジャーブレッド（ショウガ入りクッキーのこと。安ピカ物という意味あり）を指さし、そのパーラメントケーキ（やはりショウガ入りクッキーのこと）、材料は何かしらとしつこく聞いて、またもや相手を驚かせた。こんな行進からはそっと抜け出してもかまうまいとアプルビイは思った。おそらくジュディスなら、ロング・ドリーム荘の評判を維持すべく、いらない品でもあれこれ買いあさるだろうが。

　敷地を見渡してみて、前夜とはようすが一変していることに、アプルビイはかすかながら薄気味悪さを覚えずにはいられなかった。ソン・エ・リュミエール用として様々に設置された精巧な機器が、今はすべて消え去り、あとには踏み荒らされ色あせた芝地が広がるばかりだ。しかし、それよりなお寒々とした思いを抱かせるのが、今おこなわれている罪のない祭典《ジャンボリー》そのものではないか。今度はこの設備が同じようにさっさと撤去されてしまうのか。大小の天幕は閉会の翌朝まで張ってあるだろう。が、そのときまでに、どれかの天幕で遺体が見つかったらどうなるのだ。

　妙な物思いにふけるうち、アプルビイはいつのまにか足を止めていた。退職した警察官の想像力はこのように働きだすものだと決まっているわけではない。アリントン邸の敷地には、アプルビイに警戒心を抱かしむる不吉な雰囲気がたしかに漂っている。とはいえ、見た目にはそんな感じはまるでなかった。顔を上げたアプルビイの視線の先にオーウェン・アリントンがいた。物腰の控え目な田舎の大地主で、まずまず素朴な近隣住民や自分と同じ世界に属する人々と、世間並みの関係を保とうとそれなりに腐心している男だ。グレーの山高帽でさえ好評だ——なかでもキルカノン夫人には。たぶん夫人の父親も肩の張らぬ場では似た帽子をかぶっていたのだろう。アリントンから少し離れたところに前家主のオズボーンがいる。くつろぐにはいささかつらい状況に置かれながらも実際くつろいでいるようすだ。オズボーンはむろん紳士階級とはうまく付き合っていた——いまだ庭園つき邸宅や狩猟犬の持ち主であるのか否か、またマスの獲れる川など紳士諸氏には無意味の存在ではないのか否かは不問に付そう。また、オズボーンが社交に励もうにも、以前と違って招待状も届かず、出かけたくても行き先がなかったのだが。しかしながら村民や狭い土地を借りて暮らす人々との関係では、事情は少し違っていた。なるほどこの面々は世人として恥ずかしくない徳を保持しているものの、元の暴君の貧窮ぶりを見てひそかに満足を抱いていた。いや、オズボーンは暴君ではなかった。そんな人間でないのは明らかだ。それでもかつては広大な敷地に邸宅を所有していたため、大衆にとっては格好な妬み草だった。むろんオズボーンも田舎の住人としてそれは百も承知だった。また、みなのそうした悪意が、自分に対する複雑な感情――半永久的な寿命を持つものの構造というのは、必ず複雑なのだ――の一要素に過ぎぬことも、ばくぜんとわかっていた。オズボーンは相手かまわずいかにも楽しげに話しかけている。ふむ、あの男の周辺には不吉な予兆はなさそうだ。

今アプルビイの頭を悩ませている――はっと思い当たった――のは、昨夜の男の件だった。といって、問題は単に死亡した事実ではなく、薄気味悪いほど状況が不可解な点でさえない。どうして男の存在がさっさと忘れ去られようとしているのか。遺体は今どこにあるのか。たぶんどこか田舎の安置所に運ばれて、検視を待っているか受けているかしているのだろう。ともあれ死亡現場はどこだったのか。あの珍妙なガラス箱の位置そのものもアプルビイは正確に把握していなかった。男はどこの誰なのか。ああ、それを突き止めたいと、アプルビイはわけのわからぬあせりを感じた。アリントンは知っているだろう。明らかになった事実についてはいずれも報告を受けているはずだ――こんな慌ただしい日であっても――から。アプルビイはグレーの山高帽を探してあたりを見回したが、目に入ったのは緑のフェルトの中折れ帽だった。かぶっているのは警察本部長プライド大佐――オズボーンの呼び方ではトミー・プライド――だ。

あいつはどうも好かんのだと、妻たちの前で口走ったことをアプルビイは苦々しく思い出した。ふだんならそんなことは口にしないのに――しかも、なぜよりによってプライドに関して。プライドは、短く刈った口ひげと、やはり短く刈ってブラシをきちんとかけた髪をした寡黙な男で、どことなく軍人ふうにも見える。なぜ短髪だとわかったかといえば、アプルビイ自身に向かってプライドが帽子を脱いだからだ――比較の対象にはなりづらいにせよ、あなたの任務がわたしの任務より刺激に富むことは知っていますよと、いくぶん皮肉を込めて示唆している。むろんアプルビイも帽子を脱いで返礼した。周囲にいる田舎の民草の視線を意識しながら、「きっと我々はとんだマヌケ《チャーリー》・コンビに見えているでしょうな」相手にそう声をかけようとした。が、プライドにはぴんとこないかもしれぬうえ、自分がかぶっているのも緑のフェルトの中折れ帽（〝チャーリー〟は山高帽をかぶったチャップリンをも暗示していよう）であることに気づいたので、ぐっと言葉を呑み込んだ。帽子ばかりか、両者は同じようなツイードの服を着ており、背丈もまったく一緒だった。オーウェン・アリントン殿の正式な体重測定が終わったあとで、アプルビイとプライドがそれぞれ秤《はかり》に乗ったなら、両者の目方には一キロほどの差もないことが判明しそうだ。

プライド大佐はジョン・アプルビイ卿をうさんくさそうに見た。アプルビイも相手をうさんくさそうに見た。どうもこの瞬間、互いに同じ思いを抱いたのではないか。だがアプルビイの頭に浮かんだことのほうが、なお具体的なかたちをなしていたようだ。もし自分とプライドが暖炉の両側で背中を丸めてしゃがんだら、貧しき善人の家庭を守る姿が今でもよく見受けられるあの中国の双子犬（狛犬を指すか）そっくりの図となりそうだ。もっと学問的な言い方をすれば、アプルビイの生霊《ドッペルゲンガー》が現れたのだ。元警視総監がトミー・プライド警察本部長に好意を持てないのも無理はない。

「どうも、アプルビイさん」プライド大佐が言った。

「こんにちは、プライドさん」アプルビイが応じた。「実に楽しい催しですな」

「実に楽しい。日和《ひより》もよろしい」

一瞬ここで間が空いた。

「お客の入りもよろしい」アプルビイが言った。「方々から人が集まっている」

「駐車場も満杯だ」プライドは立ち去ろうとするそぶりを見せてふと黙ったが、逆に長々と話し始めた。「屋敷を見て回っている——遠くから車で来た人々が。半クラウンだ。地元民は払やしない。みなとっくに好奇心を満たしている。うんざりするだろうな、他人に自宅のなかをぞろぞろ歩かれるのは。アリントンはえらい。料金の請求はなし。慈善やら何やらでやっているだけだ。所得税とは関係なし。わたしの部下にもよくしてくれているようだ。何人か送り込んである。スプーンやフォークが用意されてあるかどうか、主催者と一緒に確かめる役目を与えてある。いつもきちんと食卓を整えなきゃならんのですよ——お気づきですかな——こういう場を設ける際には。それからアリントン氏には私立探偵を雇うのはおやめなさいと言っておきました。いろいろ悪いうわさがあるから。連中は世間知らずの小金持ちを相手に窃盗事件を演出したりする。特別手当を得ようとしてね。この田舎でそんな都会流の不正行為を許すわけにはいかん」

「つまり手抜かりなしですな。変な言い方だが」周囲の人々の視線がアプルビイは気になった。みんな、こちらをちらちら見ている気がする。おもしろがって、この二人はトゥイードルダムとトゥイードルディ（ルイス・キャロルの『鏡の国のアリス』〔一八七二年〕に出てくる瓜二つの兄弟）みたいだ、などと言い合っているかもしれない。自分たちがけんかをしていると思われちゃまずい。とにかくプライドから何か聞き出さなければ。たぶんこの男は情報を得ているだろう。ふつう自らの管轄区における細かい状況に関して、警察本部長もすべてを把握しているわけではない。しかし、前日の晩にこの敷地で起きた出来事の報告を受けていないわけはない。それに本人自身、アプルビイが妙な具合に関わりを持った経緯《いきさつ》を知りたいだろう。まあいずれにせよ、そこに話が及ぶのは避けられまい。アプルビイは相手を急き立てぬよう気をつけた。が、はたしてプライドは核心に触れた。

「ゆうべここで起きた一件ですが。やれやれ。やっかいなことだ。巻き込まれて災難でしたね。しかし妙だな、あなたが遭遇なさるとは。いや、つまりニューカースル（イングランド北東部の都市。石炭輸出で知られる）に石炭を運ぶようなものだ、という意味でね」プライドはいったん間を置いた。今の比喩の使い方で間違いないぞと暗に訴えんとするかのように。「ただアリントンとしては運がよかった。いろいろあなたに支えてもらえますから」

「あなたの部下が到着すると、すぐにわたしは帰宅しました。話せることはすべて話したうえでね。いうまでもないが、あの時点では調べは進まなかった。死んだ男の身元はわからずじまいで。アリントンはそれまで男の存在には気づかなかったそうです」

「身元？　ああ、そうそう――その点は重要だ。捜査は進めていますよ、当然」

「当然ね」

手詰まりなのだな。プライドにはほかに言うこともなさそうだった。ともかく、ここは大胆に観測気球を上げるほかなさそうだとアプルビイは思った。

「ソン・エ・リュミエールの関係者はさっさと廃品回収をしましたな」

「ほかの場所で使うからでしょ」

「かもしれない――アリントンも取っ払いたかったようだし。今日の午後の催しが始まる前にね。当局は、あれ――管制室だかなんだかと呼んでいたが――さえも撤去した。わたしたちが遺体を見つけた場所です」

「我々はまだ殺人事件だとは断定していません」プライドは顔をこわばらせた。「わたしが反対することを期待しておいでですかな」

「撤去に？」一瞬アプルビイは口ごもった。プライドの言い回しを頭のなかで正確に繰り返した。これは真相解明につながりそうだ――アプルビイは本音を明かすことにした。「ええ。そうです。もう手遅れだが」

「調査をして譴責《けんせき》する根拠が見当たらない場合、わたしとしては部下が出した結論に全責任を負うだけだ」

「それはそのとおり。で、今度の一件の結論を出したのは、お宅の――」

「いや、郡警察の扱う事件をいちいち――」なぜかプライドはふと口をつぐんだ。「失礼。警察官同士のあいだに信頼関係があることは、あなたも否定なさらないでしょうな。まあたしかに、おっしゃるとおりですが」

「たぶんアリントンが撤去してくれと急き立てたんだろう。おまけにお宅の部下の一人が必要以上に地元有力者の意向を尊重したんですな。アリントンが今日の催しの前に邪魔なものを取り去りたいと思うのは当然としても」

「それはまあ」プライドはしぶしぶ認めた。「いや、もちろんわたしだってこの件に関心を持っていますよ。アプルビイさん、部下の刑事たちも今朝早くから調べを始めたんです。で、犯罪の可能性を除外しました。もちろんその疑いが少しでも残るなら、我々はへまをしたと見なされるでしょうが。あの妙な設備を撤去したことに対してね」

「死んだ男の身元は不明なんでしょうな」

「最後の事情聴取の段階では、まだ。地元民ではなさそうですが。現場でどんなことが起きたのかは、かなりはっきりしている。本人は浮浪者ではないでしょう――みな、そうは見えなかったと言っている。むしろ何かの理由でよその土地から流れてきた者だ。朝からずっと歩いて――」

「違うな、靴の状態からすると」

「靴?」プライドはどぎまぎした。相手が目撃者であることを忘れていたのか。「いや、それは議論の要点じゃない。男は行き暮れていたんだ。で、怯えてしまった。どうも都会の住人て感じがしませんか? この手の男が、夏の夜でも星空の下で時を過ごすのをいやがるとは、おもしろいものだ。とにかく、唯一の手近な避難場所として施設に上っていき、床に横たわり、寝返りを打っているうちに置いてあった何かを動かしてしまい、電気の通ったケーブル線に触れたわけだ。ソン・エ・リュミエールの主催者にとっては迷惑千万な話だろう。だがそれだけのことだ。検死官が遺体を調べて一件落着となるでしょう」

「まあそうでしょうな」もう逆らわないでおこうとアプルビイは思った。「一つあやふやなのは、男が地元民ではないのかどうかだ。まだ断定するには早い。都会であれ田舎であれ、こういう問題においては、実はちゃんとした地位にある男が家出をしていて消息不明だった、という例が驚くほど多いから」

「おっしゃるとおり」

「身元不明の遺体が見つかったというニュースが流れると、実は行方知らずの血縁の者がいるのだと警察に駆け込む人々が必ず出てくる。ニュースを聴くまでは、一晩なり二晩なり勝手に家を空けた夫や息子のことはみな黙っているものだ。今回の件のニュースは、ようやく地元に流れ始めたところに違いない」

「たしかにそうですな」プライド大佐は押され気味だ。「しかし、近所に自分の立派なねぐらがあるのに、なぜあんな変なところへ上っていったのか」

「まったくですな、プライドさん。わたしもその点を少し考えてみた——差し出がましいまねだと、ご立腹なさらんように——ところ、一つだけ理屈の通った解釈を思いつきました」アプルビイは入場者の群れにちらちら視線を向けた。「ウィリアム・グッドコールという地元民をご存じですかな」

「聞いたことがないな。書物に出てくる人間のような名だが」

「声は聞いたでしょう。先ほど老貴婦人が演説をされたとき、いささかはた迷惑な盛り上げ役を買って出た男です。人をうるさがらせるのが得意らしい。あそこに停まっているバンに載せた拡声器から、好きなだけ騒音を流している。わたしはこれから本人と話をしてみようと思います」

7

渡された花束と賢く安く手に入れた品物とを携え、レディ・キルカノンが年代物のロールスロイスに乗り込んで去っていったあと、現場に残ったなかで序列の首位を占める女性に敬意を払うのが妥当だと、オーウェン・アリントンは判断した。

「レディ・アプルビイ、少しテラスを散歩して、新たな気持ちで喧騒《けんそう》の巷《ちまた》に戻るというのはいかがですか。我々は一回戦ではそう悪くない成績をおさめたのではありませんかな」

ジュディスは誘いを受け入れた。アリントンとは今までさほど付き合いもなかったが、人となりをもう少し知るのも悪くないと思った。一つには立ち居ふるまいに興味を覚えたからだ。この男はいつもちょっと鼻につくほど自信ありげな態度を取る。おもには社会的地位が不安定なせいだとも考えにくい。いや、たしか一度か二度、自分も居合わせた場で、まさかわざとでもあるまいが、そう見える話し方をしていたことはあったが。しかし何より、科学者としての名誉を捨てて現在の生活を選んだことについて、おれは自己判断を誤ったのではないかという意識が反映されている気がする。

ジュディスの知る限り、以前にも似たようなことが何度か起きている。ともかく、どうにかして専門職――弁護士、外科医、学者など――に就きたいと苦労したすえ、せっかく希望をかなえながら、思わぬかたちで〝ひと財産が転がり込んできた〟ために仕事を投げ出した男の例なら、ジュディスは一つか二つ思い出せる。が、うまくいっている話は聞かない。というのも結局のところ、広い地所をただぶらついて生きがいを覚えるなど、しょせん無理なことは、有能な男なら否定しようがないからだ。そうはいっても、自分の知る例には目上の者に対する孝行という側面があった。たとえば兄が亡くなったとかなんとか。また、この国特有の神秘性と考えるほかないある事柄が作用していたのだ。アリントンの場合には、一族の古い歴史という妙なかたちで神秘性は表れた。経緯《いきさつ》はさておき、アリントンは相当額の金をかなり短いあいだに手に入れた。そうして、いわば新たな〝アリントン〟になるべく現在の事業に財産を注《つ》ぎ込んだ。この事業には何か気をそそられる点があるらしいことは容易に想像がつく。いずれにしろアリントンには情緒不安定な面があるに違いない。

「今までのところ、うまくいってらっしゃるの？　ご満足？」

「ここでの生活ですか？」相手にずばりと聞かれて内心うろたえたにせよ、アリントンは理性の勝った人物なので、言葉に窮したようなふりはできなかった。「まだわかりませんね。世間ではもちろん、あの男は物理学者として、自らはめた足かせの重みに苦しんでいるだの、機会到来と見て足かせを外そうともがいているだのとうわさしている。当然といえば当然の憶測です。わたしはそれなりに優れた学者だった。その点は誰も否定できない。ですがね、わたしの専門分野で先頭を走るのは若い世代なんです。詩人など芸術家の場合よりもそういえる。脳内の神経単位《ノイロン》は年ごとに低下していく。妙な話だが、おもに老化の影響を受けるのは知能の直感に関わる働きです。物理学と数学では直感が大事だ――基本的水準を超えた問題に取り組む場合はとくに。その力が衰えたら、どの分野でも同じでしょうが、第一線を退いて管理職に就くほかない。ほら、机に向かって腰を下ろして、難問に挑む若い実力者集団を指揮している人間ですよ。テレビドラマでよく見るでしょう」

「なるほど」ジュディスは出来合いの解説を聞かされている気もした。アリントンは以前にも何度かこんな話をよどみなくしていたからだ。「だけど今でも科学には携わってらっしゃるんでしょ」

「ええ、たまに少し実験をやります」アリントンは少し間を取った。「ところで、お宅のご主人を災難に巻き込んでしまって、なんとも恐縮に存じます。ゆうべの一件ですが」

「本人はそれほど気にしていません。現役時代には同じような場面に何度も立ち会いましたから」

「いや、しかもあの一件を除けば退屈な夜になってしまった。夕食後に甥のマーティンが顔を見せるはずでしたが、来ませんでした。実はいまだ現れていない次第で。ほかの親族はそろっているのですが。姪が三人。うち二人は夫同伴で——これはご主人にもお伝えしました。ほかに姪たちの子どもが数人。奥さまにお会いいただければ、みな喜ぶでしょう」

ジュディスは礼をわきまえた返事をした。実のところ、そんなにたくさんアリントン一族の人間と知り合いになりたいとも思わなかったが。ジュディスは当主に導かれてテラスの角を回った。二人は**私有地**と掲示されてある薄い仕切りを通った。アリントンは掲示を渋い顔で見やった。

「あれは少し高飛車な印象を与えますかね。今ここに集まっている方々は、わたしにとってはいわばお客さまですから。しかしながら、大勢の方が敷地を見て回れば、いろいろ不愉快なことも起きかねない。すでに温室から一部の花が消えているし。庭師があわてています」

ジュディスは再び礼に即した答えをつぶやくように返した。アリントンはなかなか誠実な人物であるかに感じられた。だが今は心ここにあらずといったふうだ。屋敷の反対側から聞こえてくる雑音に気を取られているらしい。ウィリアム・グッドコールの例の音楽がその主成分だ。おまけに集まっている子どもも、あきれるほどしつこくはしゃいでいる。車のエンジン音もしばし混じった。アリントンが気にしていたのはこの音だった。

「一瞬マーティンの車かと思いましたよ。あいつなら駐車場を素通りして屋敷まで乗りつけてきても不思議じゃない。しかし違いました。あんな車の音ならどこにいてもすぐわかるから」

「どうして〝あんな車〟なんですか」アリントンの声音にジュディスは苦々しい思いを感じ取った。

「とんでもないほどうるさいとか？」

「いや、とんでもないほど馬力が強いんですよ。しかもマーティンは飛ばすんです。ふつうの幹線道路をアウトストラーダ・デル・ソーレ（ミラノとナポリを結ぶ高速道路）だと勘違いしている」

「そんなに飛ばしたら交通違反でしょうに」

「まったくです。同じことをしている人間は大勢いますがね」アリントンは口ごもった。「あの小僧が免許停止処分を受けて、しばらく道路から遠ざかれば、わたしもひと安心ですが」

「マーティンて、まだ少年なんですか」

「いや、違います。その段階はとうに過ぎていますが、わたしの目にはそう映るんです。ご主人にもお話ししましたが、マーティンにはそのうちアリントン邸を受け継がせます。本人のためになればいいのだが――落ち着いた田園生活がね」

「わかります」実のところ、ジュディスにわかったと思えたのは自身の推測の解答だった。アリントンはマーティンにずいぶん目をかけている。並みのかわいがり方ではない。甥一人のためを思って自ら田舎の紳士の身分に甘んじるほどだから。マーティンを何かから救い出したいのか――それはおそらく、交通法規を無視して馬力のある車を飛ばすことより危険な何かなのだろう。実際に救い出すには、アリントン・パークやら、生活環境のよいこの州における名士の地位やらを本人に譲らねばならぬわけだ。世間によくある独りよがりとも思える空しい計画ではないか。こう考えると、やや芝居がかった面のある傍らの地方地主にジュディスは少し同情したくなった。「人に譲れるものがあるなんて、すばらしいことだわ」

「本人も立派にやってくれるでしょう」アリントンはぼそっと言った。ややしばらく口ごもっていたが出し抜けに言葉を継いだ。「今は酒に溺れていますが」

一瞬ジュディスは緊張した。自分は相手の人となりをそれほど知ってもいない。だが相手は、もっと同情してくれと自分に迫っているかのように、いきなり胸の内を明かした。しかも安易な返事を避けたい内容の発言だ。ジュディスはいくらか時流を意識した答えを返した。

「薬物に比べたら、まだ……」

「それは薬によりけりだ」アリントンは苦々しげに言った。「酒のがぶ飲み自体は大した悪事でもない。だがその先にはアルコール中毒が待っている――なかなか人はそこまで深く考えないんです」ここで相手のようすをちらりとうかがった。身内の問題を出し抜けに明かして、変に思われたかなと危ぶんだようだ。「たまたまゆうべも、ご主人とのあいだでマーティンの話が出ましてね。ご主人、あいつと会われたことがあるそうで。どういう経緯《いきさつ》があったのか。酒癖についてもご存じらしい。いや、あくまでわたしの印象ですが。たぶん奥さまにもお話しされただろうと察した次第です。でなければこんなつまらんことは口にしません――展望台に転がっていた遺体だの、一族の恥だのは。どうもわたしはアプルビイご夫妻をうまくおもてなしできていませんね」アリントンは足を止めた。「この位置からだと城の眺めは堂々たるものでしょう?」

ジュディスもうなずいた。相手が接待役なら、もう話題を変えてもいいころだ。でもわたしが無理やりこの人の秘密を聞き出したわけじゃない――と、ジュディスはひそかに開き直った。というのも、はたして自分にも下卑た好奇心はなかったか。ゆうべ起きた大しておもしろくもなさそうな一件に対して、夫には関心を持ってほしいと自分が思うのも、そんな好奇心のせいではないのか。いずれにしろ、ここでジュディスは、会場に戻るまで間《ま》を持たせられそうな他愛ない話題を思いついた。

「ウィルフレッド・オズボーンさんが宅へお昼を食べに見えまして。そのあと宅の車でここへお連れしたんです。来る途中アリントン家の財宝のことも話題に出ました――ソン・エ・リュミエールでも取り上げられていましたわね。わたし、財宝の謎について推理してみました」

「ほう！」アリントンは目を丸くした。「今までも推理なるものはおりおり聞かされてきましたが、奥さまのご高説となるとぐっと興味が湧きますね」

「わたしの見るところ、宝物を掘り出したのは庭を改良したハンフリー・レプトン（五〇頁参照）です。レプトンはこっそり自分の現状を改善したんだわ」

「ほら見ろ！　だから言ったんだ！」アリントンはいささか大げさなほど喜んだ。「今まで誰もそこに気づかなかった。レプトンの弟子たちが敷地を何エーカーも掘り起こしたに違いない――おかげであちこちに新しく丘や谷が現れたり、狭い間隔で小さな森がいくつもできたりした。全体の見た目や脇の仕切りや隔たりもきっちり計算してある。あそこのまずまず成長した木々をごらんなさい。無駄に植わっている木はほとんどない。レプトンが場所を指図したからだ。どう考えてもレプトンは財宝を見つけて、チョッキのポケットに滑り込ませてそのまま逃げたんです。アリントン・パークの所有者だった初代オズボーンが知ったら、どんなに怒ったことか」

「もしレプトンが持ち逃げしなかったら、法的にはオズボーンのものになったのかしら」

「わかりません」アリントンは笑いながらあっさり答えた。「今になって運よく見つかった場合、どこに帰属するのかもわからない。法律用語でいう埋蔵物ですね。道義的には女王さまの財産となるはずですが」二人はテラスに沿って来た道を戻っている。「あるいはスチュアート王家（スコットランド〔一三七一～一七一四〕およびイングランド〔一六〇三～一七一四〕を統治した王家）の跡継ぎを自称する者（一八世紀に二人出た）にさらわれるか。まだ存在しているのかな。いるとすれば実に無礼なやつだが」

「どうして財宝がここにあると思われているのかしら」再び見物人たちのもとへ戻るまでジュディスはこの話を続けようと決めた。「城は議会側の軍隊にびっしり包囲されていた。もし何かを埋めるのなら、城自体の内側でなければならなかったでしょ？」

「それは無謀ですね。財宝の存在が知られていたとすれば、議会派の連中はくまなく探してから城に火を放ったでしょう。夜陰に乗じて敵の戦線を通り抜け、相手の予想もつかないような場所へ埋めるのが得策だと判断したのではないか」

「財宝を持って馬車か馬に乗って逃げたのかしら」

「そんな展開はつまらんな。まるで夢がない」

「そうね。じゃ池に落としたんでしょう。大きな穴を掘って夜のうちに痕跡を消すより、ずっと早く静かにできるから。宝は金と銀だったのよ。だから水に入れても平気」

「当時は大した池などなかった」アリントンはにわかにまじめくさって答えた。「だが財宝を隠すに十分な水たまりはあった。財宝は保存用の容器か何かに入っていたんだろう。それが今、泥の底にあるなら、たぶんすっかり腐っているな。だが金属――奥さまのおっしゃる金と銀――はまさに――」いったん間を置いた。「レディ・アプルビイ、我々はまったく子どもですねえ！」

「ええ、そうね。でも、わたしだって手持ちの半クラウンを払ってお茶をいただけば、もっと大人になった気分を味わえるでしょう」

「あまり度をお過ごしにならないように。もうしばらくすると居間でシェリーをお出しするよう指示してあります。飲んでみたらシェリーでなく、ふつうのシャンパンだったとしても、わたしは腰を抜かしたりしますまいが」

「それはすてきだわ」ジュディスの本音は違った。シャンパン――会の主役になれるような飲み物ではない――では、参加者に予想外の感を与えるのがせいぜいだろう。「でも、お酒は盛大に祝賀会を開くときのために取っておけばどうかしら」

「それも考えてあります。名士の方々がご活躍されていることや、アリントン・パークに例年どおり平和が戻ってきたことを祝いますから」

「いえ、わたしがいったのは、失われた財宝をあなた方が池から引き上げた場合のことです」

「ああ、そうですね――その瞬間は見物《みもの》でしょう」ふいにアリントンは足を速めた。「ぐずぐずして、ジャンキン夫人のメレンゲ菓子を食べ損なってはまずい。まあ、わたしと奥さまのために一つ二つ残しておいてくれても驚きませんが」

「わたしも驚きません」ジュディスも調子を合わせた。

## 8

アプルビイは以前ウィリアム・グッドコールからテレビを購入していた。そこで拡声装置の所有者はアプルビイを丁重に迎えた――なんと会話の邪魔にならぬようにと、バンから流している音を小さくするほどに。アプルビイはレディ・キルカノンと同じ階層には属していない。さすがのグッドコール氏も、まさか自ら進んでアプルビイに対して拍手喝采しようとまでは思うまい。だがロング・ドリーム荘の紳士は費用を払い（代々の家主、すなわち紳士の妻の縁者もそこまではしなかった）、自身の名に称号を冠する権利を得た――こうした事情が重なった点に、物事を正しく捉えうるグッドコール氏は適正な価値を認めたわけだ。さらに、ジョン・アプルビイ卿がわざわざ自分のもとに寄ってきて、親しげに話しかけてくれたのだ。自分にとしては誇らしい今の状況が視野に入る位置に、自分の妻（茶碗を、順番に回してほしいではなく、洗ってほしいと人に言われたがゆえに、いささかむっとしていた）がいることに気づいて、グッドコールは誇らしかった。

「複雑な作業をしているね、グッドコールさん」挨拶を交わし合ってからアプルビイが言った。「いろんなことを一度に考えにゃならんわけだ。助手を一人も連れていないのが不思議だな。からだがいくつあっても足りんだろうに」相手が助手など雇える身分でないのは百も承知で白々しいお世辞を口にしたわけだが、これで機嫌をよくしてくれれば幸いだ。

「いや、どうも、たしかに注文が少ないとは申しません。一人で全部さばくのは――まあ、経験のなせるわざでしょうか。時代とともに機械の質も上がっております。〈グッドコール・エンタープライジズ〉が扱うのは、最新にして最高の製品のみでございます。この地方では弊社は業界有数の存在だと申せましょう――文字どおり有数の。弊社と提携している各企業も同様かと存じます」グッドコール氏は口を閉じ、目の前に並んだスイッチの一つをさっと押した。すると、人が泣き喚くのに似た不愉快な音（不実な恋人とけんかしたときに女が発する声を想わせる）が、頭上に置かれた古くさい拡声器から流れだした。

「実にいい響きだね」アプルビイが言った。「音質がすばらしい。最高水準だ。アリントン氏がここ数週間この敷地で開いている大がかりな催しに関して、わたしはずいぶん批判の声をあそこの広場で耳にしたんだ。厳しすぎると思える批判もある。たとえば、電気の配線がめちゃくちゃだ、同期化《シンクロナイゼイション》（映像と音声との進行を合わせること）がなっていない、音が波動する、音が振動する、電波妨害がある、出し物がくだらない」

「倫理意識が皆無ですからね、ロンドンの大企業ときたら」グッドコールは満足と軽蔑とを同時に表すように鼻を鳴らした。「誰かが責任を持って指揮するわけでもない。その点、〈グッドコール・エンタープライジズ〉では、機械の設置はすべて経営者の直接指揮のもとにおこなわれます」

「それはわかっているよ」

「ときには取締役会の指揮のもとに」グッドコール氏の想像力は、論理をなおざりにしながら、なおもたくましくなってゆく。「またときには会長の指揮のもとに……あ、なんだ、こりゃあ！」目の前にある機械が磁気テープのエンドレスフィルムやコイルを次々と吐き出している。アリントン・パークでの祝典を心穏やかに楽しむ人々の頭上に、空襲警報に似た音が流れ始めた。みな仰天している。「幕間《まくあい》としよう」グッドコールはとっさに言い、スイッチをばちんと切った。急に沈黙が訪れた。

「お宅には家電関係の職を希望するまじめな若者がずいぶん集まるんだろうね、グッドコールさん」アプルビイが探るように言った。まるで、ロング・ドリーム荘に暮らす自分と同姓の若者二、三名のために、まっとうな仕事における徒弟修業の場を真剣に探し始めたかのような口ぶりだ。

「それはもう、たくさん押し寄せてまいりますよ、サー・ジョン。当方としては学校を出た連中のなかから選り取り見取りという次第で」グッドコールの想像力が再び活発に働きだした。「リンガー・セカンダリー・モダン・スクール（セカンダリー・モダン・スクールは一九四四～一九七〇年代初期まで存在し、実用科目を重視した中等教育組織）卒の優秀な者は全員採用です。わたくしはあそこの校長と懇意にしておりまして。校長もわかっておるんですよ、自分の生徒たちの進むべき道がここにあると。間違いございません」

「それを聞いて心強いよ」アプルビイは無駄話にあきてきた。「少年たちは電気に関することならなんにでも夢中になるね。しかし、もう少し年上の男の場合はどうなんだろう、グッドコールさん。リンガー村でも、あるいはその周辺でもいいが、心から熱中している者がいるのかな」

グッドコール氏にとっては待ってましたといいたい話題だった。「スナールやキングズ・イヤッターのような遠方にいる多数の愛好家――なかには学位を得た教養あふれる方もおられます――に対して、わたくしは日頃から何かと助言をいたしております。また階層の低い愛好家に対しては、地元の教育委員会の後援のもと、週一回ずつ企業教育をおこなって好評を得ております。興味深く責任の重い活動でして。いつぞや、お車に乗っておられたレディ・キルカノンから直々にお呼びがかかり、ご自分の懐中電灯に新しい電池を入れてほしい――以前も〈グッドコール・エンタープライジズ・リミテッド〉が装着いたしました――というご用命を頂戴した際、この活動についてご質問がございました」

「その愛好家のなかに変わり者はいるかな」アプルビイがたずねた。

「どこからもそんな話は聞いておりません」じっくり考えた末にグッドコールは返答した。「お相手はたいてい教会関係者でございます。わたし自身が関わる宗派はおもに国教会ですが、もちろんほかにメソジストやバプテストもおられます」

「なるほど」アプルビイは平然と応じ、いったん黙った。そうして、少し違った角度からこの件について話し合いたいんだが、といったようすを示しながら再び口を開いた。「わたしが思うにだね、グッドコールさん、あんたが扱っているような難しい科学に取り組めるだけの知的能力に欠ける者も、きっといるはずだ。いや、まあ科学は苦手といった程度の意味だが」

「そら、おりゃあしょう、サー・ジョン」グッドコール氏の場合、謹厳たらんとすると言葉遣いには訛りが混じる傾向が見られた。「お話しするのは遺憾ですが。あのうすのろときたら」

「うすのろ?」四〇年もの捜査の経験から、アプルビイの頭皮は適時にぴりっと刺激を感じるようになっていた。今まさにその刺激があった。「誰だろうね、そいつは。ペスコード青年か? パンフリー夫人の息子か? それともビリー・バブウィズか? ほら、ドルールの草地をいつもぶらついているやつだが」

「いずれも違います。いずれも。ノックダウンでございますよ、サー・ジョン」

「ノックダウン?」いかにここが田舎だとはいえ、一瞬アプルビイにはその単語が人の名字だとはぴんとこなかった。「ノックダウンという人間がいるのか?」

「レオフランク・ノックダウンでございます」

「ほう！　聞いたこともないな」幼児期にそんな名前を背負って成長することを運命づけられた人間ならば、十分な知能を具えることはあまり望めなかろう。「で、その男は鈍感なんだね」

「無知でございます、サー・ジョン――掛け値なしに。電気の力や驚異も、ノックダウンにとっては、そう、単なる火花と閃光にすぎません。いつの日か、あの男は危ない目に遭うでしょう。きっとでございますよ」

「年齢は二〇代半ばで、髪は赤いかな」

「おや、ご覧になったことがおありなのですね」

「家族と同居しているのかな、それとも自分のことは自分でやれる男か？」

「リンガー村のすぐ外を走るポットン通りで、クラムツリーという名の二、三人と暮らしております。誰か家賃を払ってくれる者がおるようで」口にするのをはばかる話題にふさわしい程度にまでグッドコールは声をひそめた。「いうならば、ろくでなしでございますね」

「もしノックダウンが姿を消したら、そのクラムツリーさんたちは寂しがるかな」

「そうは思えません」頭の回転が速いようにはとても見えぬグッドコール氏も、さすがにそろそろ話の流れに警戒心を抱き始めたようだ。「ノックダウンはあちこちの土地で臨時の仕事をしておりますから、そりゃ物置のような場所で眠るほうが都合よいと思うこともございましょう。また一説によると、あの男がごたごたを起こす回数は、月の満ち欠けとともに増えたり減ったりするそうで」

「要するに、人との関わりが少なくて電気に興味を持っている男なんだね」

「そのとおりで。父親や母親や兄弟の話は聞いたことがございません」

「かえって幸いだったかもしれんよ。どうやら、かわいそうに、レオフランク・ノックダウンはあの世へ行ったようだ」

「そろそろ退散できるかな」アプルビイはひそかに期待しながら言った。先ほどの会話から三〇分後のことだ。ようやく妻の姿を見つけたところだった。

「とんでもない、だめよ！」ジュディスは全身で驚きを表した。「そんなことできるわけない」

「あのおばあさんも帰ったじゃないか」

「事情が違うわ。祝典や競り市や慈善市の開会を宣言する人は早々と退場するのよ。それも儀式の一部なの」

「儀式なんかどうでもいい。わたしだって自分の使命を終えたんだ」

「どういうことよ――使命って」

「わかっているくせに。わたしをここまで引っ張ってきたのは、展望台の謎に非公式な立場ながら首を突っ込ませるためだろ。で、わたしは首を突っ込んだ――当然ながら、もう謎は謎ではなくなった。きみのご友人のトミー・プライドとも対面しなけりゃならなかったよ」アプルビイはいかにも満足そうに言った。「貴重な情報を伝授するためにね。それがすんだから、我々はもうオズボーンを探して一緒に帰れるんだ」

「ジョン――つまりあなた、死んだ男の名前や死ぬまでの経緯《いきさつ》がわかったってこと？」

「そのとおりだ。ほかの人間ではありえない――それは明らかだ。かわいそうな男でね、電気製品ならなんにでも熱中するんだが、少し頭が弱い――はっきりいえば知恵遅れに属する。心ゆくまで眠るためにあの妙な空間に入り込んだんだが、実際のところなかをうろつき回っていて、不運にも高電圧の箇所に触れて即死したわけだ。近親者はいなかった。慰めになるかどうかは別だが」

「そんなことじゃないかと思ったわ」

「ほんとかね。予測めいたことは何も言わなかったくせに」アプルビイは妻を意地悪そうに見た。

「きみときたら、ごていねいにも、アリントンが無慈悲な殺人を企てたとまで明言していたな」

「あれは単なる仮説よ」この反論で、もうけりはついたとジュディスは思ったらしい。「ところでアリントンさんていえば、あの方、ジャンキン夫人にあなたの分のメレンゲを取っておくようにと言ってくれたわよ」

「ジャンキンおばさんのメレンゲなんぞ、べつに食いたくもない」

「それがいいかもしれない」ジュディスは肩越しにちらりと視線を向けた。「長い列ができているわ。割り込みなんてできないし。きっとスクレープさんの最初のお説教が終わったのね。ほら、まだ天幕から出てくる人がいる。だけど三〇分後にはまたビンゴゲームが始まるわ。それがすんだら帰りましょ」

「ビンゴだと⁉　スクレープ牧師の賭博場をただのビンゴ遊びの場だと言うつもりか」

「そうよ。とにかくあの方、びっくりするぐらい上手で、年ごとに熱中の度も増しているそうよ。だいいちご本人にとっては、びっしり並んだ教区民の姿を目の当たりにできる唯一の機会なんですって。それにあのお遊戯には儀式の色合いも濃いし。行ってみればあなたにもわかるわよ。ウィルフレッドも連れていきましょ」

「ジュディス、わたしはあんな堕落した聖職者の教えを受けたくない。まして目的が――」

「しーっ。ご登場よ」

スクレープはアプルビイ夫妻のほうに近づいてきた。にこにこ顔をしながら力を込めて額を拭っている。締まったからだをした牧師で、毛穴の一つ一つから汗を滴らせるような人間にはとても見えなかった。だが今はそんな状態らしい。大天幕のなかはかなり暑いようだ。また、いかにも国教会派の聖職者らしい深い落ち着きぶりを示しているが、通常おこなう説教でおなじみのそんな態度も、一年のなかでとくに晴れがましい一日においては、ふだんよりずっと早口のおしゃべりを自身に課したものの、準備不足だったことを無言のうちに語っているのだろう。こうして戸外に出た今、氏は気分の高揚とはまるで無縁に見えた。不自然なほどおとなしいようすだ。が、とにかく、以前に紹介されたことのあるアプルビイに声をかけた。それがいかにも相手をなだめるような口ぶりだったので、アプルビイはべつに理由もないのに、いわば無理して神経を高ぶらせるはめとなった。

「どうも、サー・ジョン、このささやかな恒例の催しに大きなご支援を賜りましたのに、今までお礼を申し上げる機会を逸しておりました。レディ・アプルビイ、お疲れではございませんか？　我らの友人たちによる手作りゼリーとジャムを楽しんでいただけたかと存じますが、度を過ごされませんように。わたし自身は半ば貢献を果たしましたが、まもなく二回目の説教をしに天幕へ戻りませんと。よく晴れておりますが、むっとするほど暑い。少し池のまわりをぶらついて——城のほうへ行ってみましょうか。アリントン氏のご好意で、村の少年たちが池で泳げるようになりました。あの辺の景色を眺めるだけでも得るところがあるでしょう。アリントン氏の歓迎の意に付け込むようなことは許されない。無邪気にはしゃいでいる者たちも、むろん節度をわきまえております。ところでレディ・アプルビイ、一部の者は水着を持参していないかもしれませんが」

「べつに気にするつもりはございません」

「それはまことにけっこう。幸いなことに、今日《こんにち》では不健全なお堅い淑女流の道徳観念がかなり薄れましたなあ！　人体は聖霊の宿りし神殿（第一コリント書第六章第一九節）ですからね。レディ・アプルビイ、足元にお気をつけください」

ジュディスはすなおに気をつけた。池のほとりのほうが涼しく感じられた。そよ風が池の先から吹いているようだ。城の廃墟に少人数の集団が二つばかりたむろしている。祝典の興奮が冷めつつあるのだろう。城の向こうから人が叫ぶ声や水に飛び込む音が聞こえる。自分たちの背後では、グッドコール氏による拡声装置のあくなき操作の成果がいまだ現れている。

「アリントン氏はなんと寛大なお方か、ご自分の私生活にまで我々を立ち入らせてくださるとは！」スクレープには感に堪えたようにいきなり叫ぶ癖があるらしい。「公務に対する誠意を忘れることなく、地元住民にはつねにお心を配られ機会を与えておられる。まさしく偉大な人格者たる証明でしょう。ふつう高い知性の持ち主は平凡で瑣末な事柄には違和感を抱くものですが」牧師は立ち止まり、低い踏み越し段に上ったジュディスの手を取って支えてやった。「アリントン一族は楽しい方々ばかりだ！　甥御さんや姪御さん方は家族も同然だ。この催しを見てもわかるように、みな伯父さんを慕っている。サー・ジョン、牛の糞《ふん》を踏まれませんように！」

アプルビイは牛の糞を避けた。ジュディスよ、このおべっか使いの牧師が捲し立てている内容があまりに馬鹿らしいからとて、わたしが冷や汗をかくような反応はしないでくれよ。内心そう願った。スクレープ師がゴマスリ野郎に見えたからだ。いや、本人がそう装っているともいえそうだ。この男にはどこか底知れぬところがあるのではと、アプルビイはちらりと思った。だがともあれジュディスは幸いにも礼儀を忘れずにいてくれた。

「マーティン・アリントンさんのおうわさを耳にしましたが、まだお見えでないようですわね」

「マーティンくんはもうまもなく来るはずです」スクレープ師はこの一言になんとか重みを持たせようと努めた。「もうまもなく。このささやかな祭りが終わる前であってくれればよいのですが。彼がアリントン氏の後継者であることは周知のとおりです。だからこそ我々としてはよけい歓迎したい」

「ほかの親族の方々はおいでかしら。ジョンもわたしもまだお目にかかっていないけれど」

「だいじょうぶです」自信ありげに、さりげなく熱を込めてスクレープ師は答えた。いまわの際にある教区民に対し、恩寵の保証をしてやっているような口ぶりだ。「ミス・ホープ・アリントンはすでにお見えです。レスブリッジご夫妻とバーフォードご夫妻も、それぞれかわいいお子さん方を連れて、例のとおり気さくに一般参加者と交流しておられます。またご存じのとおり我々はアリントン氏から、みなが引き上げたあとで屋敷に集まってワインでもどうかと、お誘いを受けております。だからとて、あの連中を早く帰そうなどと考えてはいけない。ただ正直なところ、あっぱれなグッドコール氏による大音響の余興が終了してくれれば喜ばしいが。グッドコール氏のことはご存じですか、サー・ジョン」

「ええ。先ほど話をしました」アプルビイはあることを思いついた。「ところで、スクレープさん、こちらの教区の範囲は存じませんが、リンガー村のポットン側のどこかに住んでいるレオフランク・ノックダウンという男も、こちらの信徒ですか。おかしな名ですが」

「違いますね。あ、ポットン側は近隣の教区だという意味ですが。ポットン・カム・アウトリーチといいまして。ですがノックダウンなら知っています。無学——というより知恵遅れに近いでしょう。それでも意欲があり信頼に足る男です。以前うちの生け垣の刈り込みをしてもらいました」

「残念ながら、ゆうべこの敷地で遺体として発見されました」

「神よ、彼《か》の者の霊を休ましめたまえ。もちろんわたしも聞いております。発見者はご自分ですね、サー・ジョン。それにアリントン氏も――?」

「そうです」

「哀れな話だ、なんとも。アリントン氏はさぞ驚かれたことでしょう」

「べつに夫と変わりはなさそうです」ジュディスが言った。「アリントンさんは亡くなった方をご存じないらしいので」

「ああ、なるほど」スクレープはぴたりと立ち止まった。泳いでいる者たちの姿が見える。おっとりしたレディ・アプルビイの目に、不適切な態度や動作が飛び込んでいないかどうか、牧師は確かめているようだ。「その不幸な出来事はもう知れ渡っているのですかね、サー・ジョン。死因審問をおこなう必要がありますか」

「当然ありますな」

「有疑評決（犯人や死因の特定はなされない評決）とやらいうものですか」

「いや、違うでしょう」内心おっと驚きながらアプルビイは答えた。「偶発事故による死亡という結論が出るはずです」

「しかし実に不可解な話ですね、あの男は哀れにも――」

「そうともいえませんな、本人の趣味が趣味だから。いやもちろん、まったく無害な趣味ではあるが」アプルビイは少しいらついていた。もうノックダウンの話は結構だ。「ここは泳ぎにはもってこいの場所ですな。できればわたしも飛び込んでみたい」

「だめよ、そんなの」妻がたしなめた。「あの子たちに任せておきなさい。はるか年上のおじさんが混じったりしたら、みんないやがるわよ」

全部で一〇人以上の少年がいた。てんでに泳いだり草地でふざけたりしている。スクレープ師の予言どおり、一部の者は素裸だった。八つか九つの少女二人が近くの池のほとりに腰を下ろしている。二人はパーティ・ドレスとしか呼びようのない服を着ている。それぞれの服は〝地味だが高価〟という範疇に属する品であり、そのせいで当人たちは、派手なフリルやリボンのついた服を着た池の向かいにいる少女連と比べて、際立った存在に見える。きっとこの二人は——察しのよい者なら、すぐにぴんとくるだろう——バーフォード家かレスブリッジ家のお嬢さん方だ。はしたない光景を目の当たりにして、ともに声も出ないようすだ。

少年たちが二人の視線を意識していないわけがない——むしろそれに刺激されて、いきなりげらげら笑ったり、この場にいもしない仲間の名を呼んだり、互いにちょっかいを出し合ったり、〝観客〟二人におずおず近づいたり、あわてて元の位置へ駆け戻ったりした。

「あれ、あれ！」スクレープの声には当惑の、いやむしろ狼狽の響きがこもっていた。「サンドラとステファニーじゃないか、バーフォードさんのところの。なぜこんなところにいるんだ。よく母親が許した——」

「おしっこ《ピー》」牧師の背後から少年の声が聞こえた。

「おまる《ポー》」別の声がした。

「おけつ《バム》」三番目の声がした。声の主は大胆不敵にもスクレープ師の目の前に立ちはだかっている。

「バム！」数人の少年がいっせいに叫ん ボー バム！」

「お腹《ベリー》、お尻《ボトム》、パンツ！」池から顔 る少年から、すかっとした気分を味わえという指令が出た。もはや収拾のつかぬ事態とな ンドラとステファニ（いうまでもなく育ちのよい少女であり、いやらしいと思っている は、うっとりした顔 聞き入っている。

「パンツ！」別の声が繰り返した。 えら、パンツを脱げ！」

びくっとしたような空気が流れ が止んだ。今の 行きすぎだ。スクレープはここぞとばかりに無礼者の腕を掴んだ。

「リチャード・サイファス」牧 厳しい顔を た。「今の暴言はピン先生のお耳にも入れておくからな。厳しいお仕置きをお願 ておこ 」

「放せよお」牧師の脅しの は呑み込めたはずなのに、リチャード・サイファスはびくともしなかった。身をよじって から逃れた――裸なので、するりと抜け出られた。「パパにおまえのことを言いつけてやる パはおまえなんか怖がってない。ゴキブリジジイって呼んでるぞ」サイファス大先 いったん口を閉じた。侮辱の決定打たりうる一言を考えているようだ。「おまえの母ちゃん、 ンベンするときどんなふうにパンツ下ろすんだ？」

権威に対するこの見事なまでの一撃によって、当然ながら再び大混乱が生まれるはずだったが、そ はならず、なぜかみないっせいに池のほとりへ視線を向けた。その先には、あえぎあえぎ必死に泳ぎ着いた人間の姿があった。もがくようにして陸に上がってきている。やはり少年だった。ほかの者たちより少し年上らしい。息もたえだえのようすながら、先ほどまで飛び交っていた子どもとして不適切な諸々の言葉よりも、さらに子どもらしくない言葉をつぶやいている。

一瞬なんとも気まずい雰囲気がこの登場人物を取り巻いた。アプルビイはちらりと見て、黒人少年ではないかと思った――そうだとしても、なるほど意外だとはいえ、こんな田園地方ではまったくありえぬ現象でもなかろう。同時に少年のからだには妙なまだら模様が浮いている――相手が黒人だとした場合、得体の知れぬ熱帯病の患者ではないかと考えなければ説明のつかぬ状態だ。さらに、動くたびに皮膚の色のついた水がぽたぽた落ちている。ここでアプルビイはもっと現実的な推測をした。こいつ、無鉄砲にも水深の不明な池に飛び込んで、三フィート（一メートル足らず）ほどたまっている泥のなかでもがいていたが、運よく抜け出られたというわけだな。

だが二度目の推測も違っていた。少年を包んでいたのは油だった。この事実は単純かつ悲惨なかたちで証明された。当の少年は慌てふためいているではないか。自分の身に起きた事態を不本意だと思っており、皮膚を突き刺すような刺激をいやがっている。似た状況に置かれた場合の賢い犬のラセラスさながらに、少年は激しくからだを震わせた。アプルビイとジュディス――ともに注意深く反射神経に優れている人間だ――は、すばやく飛びのいた。しかしスクレープ師と気立てのよいバーフォードのお嬢さん方は頭から水をかけられた。スクレープ――非常時にも驚くほどの落ち着きぶりを示しうる男に見える――は、むっとしたように一声を発したのみで、おのれの聖職服の表す意味に恥じることなくふるまいえた。一方サンドラとステファニーはといえば、身につけているかわいいワンピース（満足に服も買えない平民の子たちは、あたしたちの服にあこがれてるに決まってるわと、二人とも思っている）についた汚れを見るや、犬の遠吠えのごとき悲鳴を上げた。スクレープが憤激を抑えたせいで生まれなかった効果を、少女たちによるこの意思表示はただちにもたらした。泳ぎを楽しんでいた少年たちは、油まみれの一人も含めて、自分の持ち物をつかむや脱兎のごとく逃げだした。

# 9

「いったいなんの必要があって」アプルビイが言った。「飛び込みなんかやっているんだ」スクレープ師（自ら主催する今日最後のビンゴ大会に備えて、汚れていない聖職服を探しに牧師館へそそくさと立ち去った）と別れて、今は妻と二人で池のほとりを歩いている。「それから、あの舟小屋《ボートハウス》には何をしまってあるのかな。船外モーターに関係あるものかね」

「そうじゃなさそうよ。たしかに、そういうものをこの池と同じぐらいの水面上に保管している人も多いけれど、アリントンさんは違うと思う。でもあの方、長さが二、三キロある川も所有してらっしゃるわね。それにもしかすると雇っている水上取締り官が怠慢なのかもしれない。なかを見てみましようか」

夫婦は舟小屋のなかを覗いた。小型ヨットが一艘、軽そうなカヌーが二艘ある。

「油を吐き出すような代物はない。パント舟（さおで水底を突いて進める小舟）は置いてないね。池というのはかなり深いのが多いんだろう」

「油のことが不可解ね。さっきの子、かわいそうに何をしたのか」

「潜水をしてみたんだろう。で、運悪く分厚い油膜が浮いた箇所を突き破って水面に現れたわけだ。油はかなりの距離を移動してきたのかな。あの池には肉眼でもわかるほどの水の流れがあるから」

「それと飛び込みとどんな関係があるの」

「うむ、ないかもしれんがね。そういえば、潜水をする人間はポンプで空気を送り込んでもらうこともあるらしい。ポンプにはエンジンがいる。これほど整然とした敷地がひどい油汚染に見舞われていることには、何かわけもありそうだ。もう少し歩いてみよう。本道にかかる橋の下の池へと水が流れ込んでいる。橋の下へ行ってみようか。それから反対側へ出て、最後に屋敷の前に立つんだ」

「いいわ。でも不思議ね、なぜあんなふうに飛び込みたがる人がいるのか――」ジュディスはやや間を置いた。「ねえ、アリントンさんとわたし、例の王党派の財宝について、たあいないおしゃべりをしたの。そのとき考えたのよ、財宝のあるところは土の下じゃなくて池の底じゃないかと」

「きみ以外にも同じ考えを持った者がいるんだろうね」ここでアプルビイはしばらく黙って歩を進めたが、いきなりまた口を開いた。「どうしてこんな問題が気になるのか自分でもわからんよ。ゆうべの一件が一種の騒ぎを引き起こしたせいかな。いわゆるちょっとした謎というやつだ」

「どんな人間が紳士の屋敷の清い池に汚物を流した可能性が高いか、わたしにはわかるわ」しばらく考えるふうを示してからジュディスはきっぱり言った。「宝探しとか、そういう夢みたいなお話とは無関係。ソン・エ・リュミエールに関わっていた人間よ」

「どうして」

「だって、とにかく数が多いから、どんな無法者が混ざっていないとも限らないわ。ほら、足場のようすを思い浮かべてみて。あの上をうろついている若者のことはあなたもご承知でしょ。髪を長く伸ばした得体の知れない人種で、まるで人を轢き殺しそうな勢いで車やオートバイを乗り回している。いかにも見栄えのいい池に有害物質――ぴったりの表現でしょ――を流し込みそうじゃないの」

「おい、ひどい階級的偏見だな！　だが実のところ、目立ちたがり屋――近ごろではこう呼ぶらしい――どもは、ある意味で選ばれたる者たちなんだ。貴族階級に属していて、独特のおしゃれ感覚の持ち主だ」

「あんなの、おしゃれじゃないわ」

「まあな。だが本人たちにはそうなんだ。ずいぶん騒ぎもするが、けじめは心得ている。地上二〇フィート（約六メートル）のところで金属管を扱う仕事をずっと続けてごらん。とんでもない場所に何かを垂れ流したりするような第二の天性は身につかんだろ。人の読みが甘いな、ジュディス。やり直しだ」

「油をかぶっていやな思いをしたのはわたしじゃないわ。今度はあなたが考えてよ」

アプルビイは取り合わなかった。夫婦で口論となった場合、ジュディスがいかにもわたしの勝ちよといったふうを示すと、アプルビイは対抗手段として、よく物思いにふけるかのように黙り込んだ。しかも今かなり急な上り坂に二人は来ていた。通っている道が、池のほとりから離れて、池をぐっと見下ろすような崖に似た高台へと通じている。夫婦は頂上で立ち止まった。ここは荒れ果てた小さな塔の陰になった場所だ。廃墟と化して久しいこの塔のまわりを歩きながらジュディスは笑い声を上げた。

「この塔もたぶんレプトンが設計したのね。じゃなければ、もっと前の時代の似たような造園家かしら。一キロも離れていない場所に本物の中世のお城があるのに、わざわざこんな紛い物を建てるなんて」

「しかもたぶん同時に造られた小さな絶壁にちょこんと載っている」アプルビイは崖っぷちに寄った。

「まずはちょっとした謎、次いでちょっとした絶壁ときたか」

「ここから池に落ちたらどうなるかしら」

「びしょ濡れになるさ。おまけに死ぬかもしれない。まあ助かるかもしれないが。お、みんな、戦利品を抱えてご帰還のようだ。だがようやくお見えの方もちらほらいらっしゃる」

夫婦は池の向こうに目をやった。長い私道を歩いてくる人々がいる。数台の車がゆっくり傍らを通り過ぎたり互いにすれ違ったりしている。こちらに向かっている車がきれいな水に映った。その像が妙なことに子どものおもちゃを想わせる。もっと屋敷寄りのところにアイスクリーム売りのバンが見えた。どうやらリチャード・サイファスやその嘆かわしい仲間たちを相手に、商品を売り切ったようだ。かすかな物音が聞こえてきた。この位置から察するに、アリントン邸は内輪でごくお上品な園遊会《ガーデンパーティ》を催しているのかもしれない。

なんだか自分たちが学校を無断欠席している生徒のような気がして、アプルビイ夫妻は急ぎ足で坂を下っていった。しかし、道が急角度に曲がっている地点に来ると、ジュディスがぴたりと足を止めて声を発した。

「スパイ!」

芝居がかった絶叫だ。とはいえ、なるほどスパイがいると思っても無理ない光景ではあった。二人の正面で、ある人物がやぶの陰に身をかがめ、双眼鏡を池の表面に向けている。

相手は若い男だった。立ち上がって二人に対面したのではっきりわかった。夫妻には気まずいことながら、ジュディスの一言が聞こえたので男はさっと立ち上がったようだ。幸い悪意はなさそうで、おろおろしたようすもない。

「どうも」若者は明るく声をかけてきた。「お二人もバードウォッチングの最中ですか」

アプルビイ夫妻は違うと答えたが、バードウォッチングという活動自体には興味を示し賛辞を呈した。

「オオモズをごらんになったことはまだないでしょうね。ぼくが追ってる鳥ですが」

「ありません」男の顔をしげしげと見ながらジュディスが答えた。「ご自分も少し季節をお間違えじゃありませんか？　オオモズは秋か冬に渡ってくるんでしょ。九月前にいたらびっくりするわ。それに、あの鳥はたぶん東海岸にいるのよ。あなたのおっしゃるのはセアカモズかもしれない」

「ああ、そうそう――いや、やっぱり違うな」相手は自分を引っ掛けようとしているのではと、若者は疑っているようだ。「正直いうと、ぼくは初心者でして」

「セアカモズこそがいわゆるモズなんです。現れる時期もきちんとしているわ。夏になるとイングランドの南部と中央部の一帯で見られます」

「そうですか――いわゆるモズね。いいことを聞いた！」若者は手にしていた双眼鏡を革のケースにしまった。このままさりげなく立ち去るつもりか。「ぼく、木にも興味あるんです。というか、木のほうが鳥よりおもしろいかな。ところで、まさかぼくが敷地に不法侵入したとは思ってらっしゃいませんよね」

「思うも何も」アプルビイが答えた。「こっちだってただの客として午後を過ごしているだけだよ――それぞれ半クラウン払って」

「半クラウン――？」若者は絶句した。「ああ、そうか。祝典でね。ソン・エ・リュミエールはごらんになりましたか」

「いいえ、二人とも観ていません」ジュディスが答えた。

「そりゃ残念だ」若者はがっかりしたらしい。「あ、ぼくが不法侵入者じゃないことに話を戻しますが、あの、ジョージ・バーフォードには会われましたか」

「サンドラとステファニーには会いました――と、いえるかしら。ジョージさんという方はあの子たちの父親ですか。だったらこれからお目にかかるでしょう」

「そうですか」今の言葉から、相手夫妻の身分を若者はなんとなく察したようだ。「ジョージ・バーフォードは――アリントンさんの姪の夫なんですがね――ぼくの従兄みたいなものです。実際ぼくに仕事の世話をしてくれました」

「それでアリントンさんからバードウォッチングの係を仰せつかったの?」ジュディスがたずねた。

「ずいぶんせっかちな任命ね」

「違いますよ」若者は内心あわてたようだ。「仕事はソン・エ・リュミエール用の台本作りです。ぼく、トリストラム・トラヴィスといいます。いちおう歴史研究をやってまして。オックスフォードを出ました」

アプルビイ夫妻も自己紹介した。

「あ、まだ自分の行動を説明してる途中でしたね」トラヴィスくんはほがらかに言った。「もちろん鳥にまつわる話はほかにもありますよ。お二人はジャンキン夫人という女性をご存じですか」

「ええ。メレンゲのお菓子を作ってらっしゃるわ」ジュディスが答えた。

「そうです。あの方には目を見張るほど美人の孫がいるんですよ。メーヴィスって名前の。メーヴィス・ジャンキン。すばらしい名前だ」自身も男前たるトラヴィスくんは臆することなくジュディスの顔を正面から見すえた。「ぼく、彼女に夢中なんです。ここにいるのだって一目だけでも顔が見たいからで。これを使ってね」双眼鏡のケースをたたいた。

「つまり、いいづらいがきみは覗き趣味の持ち主で、しかも離れたところから双眼鏡で相手を見ないことには、恋の喜びも味わえんやつというわけかな」この男の言い分など、どれもまともには受け取れんとアプルビイは思った。

「違いますよ。ジャンキン夫人はいわゆる清貧の人なんです。わたしの孫の前から消えてなくなれと、ぼくは直々に言い渡されました。お孫さんとのことはまじめに考えてますと訴えたんですが。とにかくこんな不当な扱いはない。レディ・アプルビイ――レディをつけてお呼びしなきゃいけませんよね――には、ぼくの願いがかなうよう、ぜひお力になっていただきたいのですが」

「それはちょっと。でも美しきミス・ジャンキンにはお会いしてみたいわ。さ、少し歩きましょうよ。わたしたち、帰る前にまたお屋敷に顔を出さないといけないの。トリストラムさん、あなた、地元から消えろと言われたのかしら。アリントンさんはメーヴィスのおばあさまの態度に賛成してらっしゃるの？」

「ぼくがここにいることをあの方は気にしておられませんよ。互いに近しい間柄だから。あ、ソンエ・リュミエールに関してですがね。ぼくは調査のためにこの屋敷に滞在してまして。で、ミュリエルと知り合ったんです」

「メーヴィスね」

「あ、そう――メーヴィスと。ぼくもご同伴してかまいませんかね。いかがでしょう。礼儀作法は身につけてるつもりですが」

「品行もご立派よね」ジュディスがからかった――妻の明るい笑顔を見て、さてはこの軽薄な若者に好感を抱いたなと、不本意ながら夫は思わざるをえなかった。いや、若者自身もさほどの愚物ではないのかもしれない。道化を演じているだけか――誰も信じるはずのない法螺をあえて吹くのが道化の本領と心得ているのか。それ自体あまりに馬鹿げた話だが。ことによるとこの狭い地域では、トラヴィスはすでにかなり知られた存在なのかもしれない。アプルビイは年長者の特権を行使し、いくつかぶしつけな質問をすることにした。

「もちろんかまわんよ」まずは相手の問いに答えた。「きみ、オックスフォードでの専攻も歴史だったのかね」

「ありがとうございます。専攻ですか？　はい、そうです」

「学部では最優秀《ファースト》クラスにいたのかな」

「はい」

「するときみはコレッジの我が後輩だな。少なくともそうなる途上にあるわけだ」

「はい」トラヴィスはまじめくさって〝先輩〟を見つめた。「あの、なんだかよくわからない催しだとお思いじゃありませんか？　飲み物でも出るんでしょうか」

「シャンパンが出るわ」ジュディスが答えた。「平穏なアリントン邸での珍しくも騒がしい時期の終了を祝うためにね。なにしろ遺体も発見されたのよ」

「遺体ですか、レディ・アプルビイ！」三人は池のほうへ移動している途中だが、トラヴィスくんははっとしたように足を止めた。

「お気の毒にその男性、ゆうべソン・エ・リュミエール用の機材に囲まれて感電死していたの。発見者は」ジュディスは夫に顔を向けた。「こちらの男性よ」

「だけど、シャンパンを出すなんておもしろいな」トラヴィスはまた歩きだした。「実際アリントンさんて、けっこう変わった方なんですよ。ぼく、どうも波長が合わなくて」

「きみ、さっき」アプルビイが口をはさんだ。「アリントン氏とはよい間柄だと言っていたぞ」

「そのとおりです。アリントンさんはご自分の主催する娯楽の歴史的根拠を重視しておられました。でなければぼくみたいな人間に記録の発掘や保管を任せるはずもない――古い証拠ならなんでもいいと思っているんなら。いやまあ、なんでもよかったのかもしれませんが。歴史的見地に立てば、ああいう催しに車で集まってくる客が大した批評眼の持ち主でないことは明らかだ。それはさておき、敷地の後始末は大変だろうなあ。トラックを何台も使って機材を撤去するとなると。ほら、ごらんなさい」トラヴィスはいきなりまた双眼鏡を取り出してジュディスに手渡した。「私道沿いの草地がめちゃめちゃに荒らされてる。見事に育った木々も被害に遭ってるし。あの大きな白い門なんて、何かにぶつけられたせいで、ちょうつがいが外れてますよ。まあたしかに、あれほど大きな催しをやれば、かなりの混乱や損害は避けられないけど。ぼく、ずっと不思議に思ってたんです、なぜアリントンさんはこんなことを始めたのかと」

池のほとりまで来た三人は、その向こうにある本道や私道の入り口に目を向けた。アリントン・パークには別の方角から入れる広い通路がある。ブナの並木道もある。どうやらこの道も、ほかの箇所すべてと同じく、ハンフリー・レプトンの好みで造られたらしい。前日アプルビイはこちら側から出入りした。だが道はところどころ荒れている。あまり使われていないようだ。こちらの入り口は番小屋もない質素なもので、門の位置がわかったのはトラヴィスが指さしたからだ。ジュディスがトラヴィスに向かって言った。

「門はずっと開け放たれてるだけよ。でもたしかに、ものが散乱しているわね。あなた、アリントンさんがこんな催しをなさっていることに驚いたって？　たぶん慈善の意味が大きいのよ」

「まあ、でしょうね」トラヴィスはあまり納得していないようすだ。「とにかく、あの方には十分な働き場所を与えていただきましたよ」

「調査のようなことをしたのかね」アプルビイがたずねた。「それもこのアリントン邸で？　あまり詳しく調べるような事柄もなさそうだが。城は内戦のあいだに破壊されたし、アリントン一族は消滅したような――」

「そういうことじゃありません。もちろん財産を失った騎士党所属の一族もあり、子孫は財産を取り戻せなかったんですが。当時のロード・アリントン――ルパートのことです――はフランスに渡り、一六六〇年（チャールズ二世が即位した王政復古の年）よりずっと前に死にました。ですがまだアリントン家の人間は残ってて、ある者は一族の記録などを収集するうえで大いに活躍しました。それからぐっと時代が下って一九世紀半ばになり、二代目オズボーン氏がすべてを買い上げたわけです。二代目は骨董品に興味を持っており、この敷地にまつわる品物ならなんでも手に入れたいと思ってたらしい。当代のオズボーン氏は――」

「ウィルフレッドのこと？」ジュディスがたずねた。

「ええ。オズボーン氏はアリントン・パークをオーウェン・アリントン氏に売却するとき、資料もすべて譲渡しました。文書保管庫とでもいうべき場所にあった資料です。ぼくは自由に読ませてもらえました。とてもおもしろかった。かといって、ソン・エ・リュミエールにとって役立つものが多かったわけじゃない。あれは多目的の催しでなければならなかった。どうやらウィルフレッドじいさんがもうろくして――」

「オズボーンさんはわたしの昔からのお友だちなの」ジュディスが釘を刺した。

「あ、なるほど。失礼しました」トラヴィスくんはべつに悪びれるふうもない。「ぼくはただ、あの方がアリントン家の記録もお譲りくださってありがたいと、そう言いたかっただけです。考えられる理由としては、アリントン一族の人間――しかもルパート直系の子孫――が再び屋敷を継いでるってことですかね。いずれにしろ気前がいい」

「秘宝の件はどうなんだね」アプルビイが唐突にたずねた。

「ヒホウ――とおっしゃいますと？」

「敷地に宝物が埋まっているという伝説だか風説だかがあるそうだが。アリントン氏の話では、きみ自身ずいぶん報告書の紙面を割いているそうだね」

「ああ、あれか――ええ、たしかに。世間はああいう代物に興味津々ですから。もちろんくだらん話ですよ」

「アリントン氏も同感らしい。とはいえ、きみがでっち上げたわけでもあるまい。載っているのかね」

「載ってる？」トラヴィスはアプルビイをぽかんと見つめた。

「記録にだよ。きみ、文書保管庫にいたとき、宝物に関する資料を見つけたかね」

「いえいえ、とんでもない！」トラヴィスは苦笑した。「その伝説とかの起源を探ったことはありません。でもそういう話は州の公式年代記や地元の古書には載ってます。ぼくも参考にしましたが、とにかく由来なんか追ってません」

「がっかりだな、きみには」アプルビイは苦笑した。「オックスフォードの新進気鋭の学徒なら旺盛な好奇心の持ち主だろうと思ったが。まあ、人間の注意力は限られている。きみは気が散っていたんだろ」

「気が散ってた？」

「浮気な恋人ってやつかな」アプルビイはジュディスに顔を向けた。「麗しきメーヴィス・ジャンキン嬢の存在は、我らが若き友の心から消え去ってしまった」

「え、ちょっと待ってくださいよ！　ひどい言い方だなあ」トラヴィスくんは遠慮なく、心も誇りも傷つけられたといいたげな声を上げた。

「きみはとんでもないペテン師だな」アプルビイは評した――明るくさらりと。「さ、行こうか、飲み物が待っている」

# 10

自宅の居間に並ぶ縦長の窓の一つから、オーウェン・アリントンはそっと顔を出した。まだ様々な催しがおこなわれている。バザーでは最後に残った品物を安く手に入れようと、終了時まで粘る気配を見せる者が大勢いた。常連とおぼしき老婦人が二人ばかり、なんといまだ空っぽのかごを手にしている。また殊勝なことに、教区の信徒のなかでも身分卑しき者たちとのつながりを重視しているスクレープ師が、瓶入りの酢漬けタマネギを値切っている場面もちらりと見えた（瓶の豆の数当てがおこなわれた。ジンやレモンスカッシュやトマトケチャップ等々を景品にしたくじ引きや、当主オーウェン・アリントンの体重測定も）。

「そのとおりだ、エンツォ」アリントンは部屋の中央に寄り、アリントン邸における次の執事候補者と見込んでいるイタリア人青年に声をかけた。エンツォはグラスにシャンペンを注ぎだした。「喧騒の只中《ただなか》の安息所です」アリントンは客全員に語りかけるように言い、ウィルフレッド・オズボーンを見やった。「戦時における平和《パクス・イン・ベロ》ですかな」

この一言は意外な——少なくとも、二人のようすを見ていたアプルビイには——結果を生んだ。なぜなら、トラヴィスのいう〝もうろくじいさん〟ではないが、柔和な高齢者ではあるオズボーンが、顔をさっとこわばらせ、ぶあいそうに返事をしてそっぽを向いたからだ。受けを狙ったつもりらしい接待役はぽかんとした。

「おい」アプルビイが妻にささやいた。「今の言葉、なんなんだ」

「リーズ公（一六三一〜一七一二。イギリスの政治家。チャールズ二世治世下で大蔵卿を務める（一六七三））の座右の銘よ」ジュディスは最初にふるまわれたシャンパンのグラスの一つを確保していた。

「なぜウィルフレッドはむっとしたんだ」

「オズボーンというのはリーズ公の一族の名字（リーズ公の名はトマス・オズボーン）なの。初代オズボーン――わたしたちの知っている初代よ、獣の脂を輸入した人――がリーズ公の一族から権威も座右の銘も奪ったのよ。だからって、一族の人間じゃなかったとはいえないんだけど。リーズ公はロンドンの商人の子孫だから」

「なるほど」妻が披露するこの種の雑学にアプルビイは驚かされることがたびたびあり、今もそうだった。「アリントンの露骨な皮肉だったわけだな。この部屋はほんの数年前までウィルフレッドの居間だったから」

「ヘンリー八世（一四九一〜一五四七。イングランド王（一五〇九〜四七）にしてエリザベス一世の父）時代に出世した者の子孫だからって、良家の出ってわけじゃないわ」

「そうかね。それは知らなかった」やはりシャンパンのグラスを手にしたアプルビイは、早めに中味を胃に流し込んだ。「じゃあ、きみ」期待を込めて言葉を継いだ。「この辺でウィルフレッドを連れ出してやったほうがよくはないか。あまり居心地がよくなさそうだぞ。うむ、ここにいたくないはずだ」

「エンツォって好感が持てるわね。とっても美男で」

「ジュディス、きみが召使いに色目を使うのを期待してこの屋敷に長居するつもりは、わたしにはさらさらないんだがね。きみとエンツォとの組み合わせなんて、トラヴィスとミス・ジャンキンとの組み合わせよりひどいぞ」

「エンツォのこともっと知りたいのよ。あれならきっとすてきな彫像のモデルになれるわ（ジュディスは彫刻家でもある）。アリントンさんに頼めばしばらく家に連れてこられるかしら」

「アリントンにそんな頼み事をすれば、どう誤解されるかわからんぞ。エンツォ本人にだって。さ、引き上げよう」

「だめよ。あと三〇分は」ジュディスは抵抗した。「あなた、この部屋のお客さま方に紹介されたじゃないの。せめて半数ぐらいの方とはお別れの挨拶をしないと」

「ああ、わかったよ」アプルビイは観念した。「きみは時計回りに歩いてくれ。わたしは逆回りに歩く。互いにぶつかったら、そこで終了だ」

「そうね」

アプルビイがまず話しかけた相手は犬のラセラスだった。自分にはいちばんの顔なじみだからだ。だがラセラスは客の顔ぶれが不満らしかった。不遜な態度だ。集まっているのはみな地元の名士級なのだから。ラセラスはアプルビイにもよそよそしかった。ゆうべ、もっとくつろげる場で顔を合わせたばかりだというのに。なんなのだ、この態度は。アプルビイは先へ進んだ。

「あの、サー・ジョン・アプルビイでいらっしゃいますか」

左側から聞こえてきた問いかけに、アプルビイはたちまち機嫌を直した。というのも、今の声には実に謎めいた魅力がこもっているかに感じられからだ。アプルビイが振り返ると、声の主が立っていた。まばゆいほどきれいな若い女だ。

「オーウェン・アリントンの姪のホープと申します。ホープ・アリントン。少し遅刻してしまいまして。姉たちやその連れ合いとはもうお会いになられたと存じますが」

「はじめまして。ええ、お会いしました。息子さんや娘さんとも」挨拶しながらアプルビイは心の動揺を抑えるのに苦労していた。未知なるホープ嬢については、希望《ホープ》の希望《ホープ》はいまだかなわずと、本人の伯父から苦笑まじりにしゃれを言われる程度の女性像を思い描いていたからだ。ホープは姉二人より一五歳は若かった。地元の地域で、はかない希望を胸に抱いているのは、むしろホープを女神のごとく崇拝する若い男どものほうに違いない。

「お客さまを純粋におもてなししたい」アプルビイがふと我に返ると、ホープが言葉を継いでいた。「でも気がつくと頭のなかで計算しているんです。ここにいらっしゃるのは伯父の親しい方ばかり——今日は嬉しいことに、アプルビイさまご夫妻もお見えになった。みなさま、なんと勇ましくも、牧師さまが開かれたガラクタ市にも馳せ参じられて——」

「あれは必ずしもガラクタ市ではなさそうだ。厳密に規定すれば——」

「ええ、おっしゃるとおりです」アリントン嬢が声音を上げた。同時に、手にしているグラスも。「シャンパンを楽しみましょう」グラスはすっと下がった。「ある種の人たちいわくシャンパズ（シャンペンを表す俗語）を——下品な言葉ですね」

「おどけた言い方としては、許容範囲をさほど超えていない気もしますが」どうも近ごろ、自分ではしゃれたつもりの返事をするとき、年寄りめいた言葉づかいをしているな。アプルビイはそう感じて暗い気分になった。「ところで計算とはなんのことですか」

「庭でのジェリーやジャムの売り上げと比べて、シャンパンの値段が高いかどうか」

「スクレープさんのビンゴゲームのことをお忘れですな。あれは売り上げをぐっと押し上げるに違いない。おそらくああした遊びで、実に楽しいひとときが送れるのでしょうな、たとえ実利には結びつかなくても。それに、手製のメレンゲが好評を博したのでジャンキン夫人は意気揚々と帰宅するでしょう。またグッドコール氏も、今日は電子工学における最新の技術を惜しみなく提供したつもりでいる。こうした数字に表れない効果も無視できませんよ、ミス・アリントン」アプルビイは控え目に微笑んだ。目の前の相手は正真正銘の美女といえよう。が、だからとて今アプルビイの頭にあるのが、今夜の食卓に載る料理の中味への期待であってはいけないことにはならない。ああ、もはや情欲の血潮がたぎることもなし（『ハムレット』第三幕第四場での母ガートルードに対するハムレットの台詞参照）だなと、老いたりし元警察官は心のなかでつぶやいた。

「あの若い男性はどなたでしょうか。すみのところで居心地悪そうに立ってらっしゃる方」ホープはグラスを持った手でそれとなく方向を示した。「誰かに近づこうとして、もじもじしてらっしゃる方です」

「トリストラム・トラヴィスくんですな。ソン・エ・リュミエールではあなたの伯父さんの助手を務めました」

「ああ、そうだわ。バカね、わたしったら。お会いしたことあるのに。でもどうやらここへは押しかけてこられたようですけれど」

「そのとおり」

「じゃあ、わたしが優しくお相手してあげないとだめかしら」だがミス・アリントンは動く気配を見せない。「たぶんあの方、オックスフォード出身ね。あそこの学生ってたいてい感じが悪いとお思いになりませんか」

「どうやらあなたのお好みは、教養とはあまり縁のない人種らしい」シャンペンのお代わりの勧めをアプルビイは手振りで断った。「たとえば伯父さんの若い使用人のような。あの男についてはいかがお思いですかな」

「エンツォですか？　とってもすてきじゃありません？　わたし、憧れています。単に顔が美しいからというだけでなく。頭の先から足の先まで、ほとんど完璧な人だと思います」

「なるほど。ところでミス・アリントン、あなたは彫刻をおやりになるのですか」

「いいえ、そんな！　わたしは女優――を、めざしております」

「なぜそうお訊きしたかといえば、わたしの妻が彫刻をやっていまして、エンツォに同じ印象を抱いたらしいからなのです」

「奥さまは大勢の方に囲まれてらっしゃいますね。でも、ぜひあとでお話ししてみたいわ」ホープ・アリントンは、よく馬鹿げた発言をし、嘆かわしいほど馬鹿げた返答を誘発する女なのだが、今は社交上の才覚を発揮してこの言葉を口にしたといえよう。「さて――ふふふ――ほんとにあのもじもじしている若い方のそばに寄って、何か言葉をかけてあげようかしら。ビーヴィスさん、でしたっけ」

「トラヴィスです。ところで、彼から間違った名前で呼ばれても驚かないでください」

「名前？」

「あなたのことをメーヴィスというかもしれない。あるいはミュリエルと」

「どういうことでしょうか、サー・ジョン」

ミス・アリントンはそっぽを向いた。そうして若輩ながらも慣れたようすで、シャンパングラスを右肩近くに持ったまま、左肩を器用に動かして人込みをかきわけていった。アプルビイは遠ざかってゆく後ろ姿を思案ありげに目で追った。いったいどうしてあの娘とトラヴィスくんは、互いにあれほど念の入った嘘を並べて、男女関係――に決まっている――を続けているのか。一つ考えられるのは、トラヴィスが既婚者であることか。平凡にしていくぶん下劣な可能性だが。ともかく実際にそうだとして、妻たる女性はジャンキン夫人の孫ではあるまい。

アプルビイは逆時計回りに歩みを続けた。が、ふと気づいた。自分は人を探しているのではないか。誰かといえばアリントンの甥だ。この男がアリントン・パークを訪れることについて、まるで厳粛な行事が始まるかのようにスクレープ師は語っていた。オーウェンの跡継ぎマーティン。アプルビイが最後に会った際には、自ら負った怪我のせいでもだえながらも必死に生きようとしていた。あれには様々な事情がからんでいた。諜報活動、背信、脅迫、殺人。どうも妙なことだがアプルビイはマーティンに再会したくなった。

そんな気になったのは、サンドラとステファニーの親であるバーフォード夫妻と出くわしたときだ。ジョージ・バーフォードは何かの実業家で、ゴルフをたしなむ。妻のフェイスも――アプルビイがこの〝室内遠征〟で初めて言葉を交わし、判断しえた限りでは――ゴルフ三昧の日々を送っていた。娘たちも将来そんな日々を送ることになりそうだ。二人の学校教育について両親はまさに自身の見地から論じ始めた。アプルビイさん、ゴルフをとくに重視している優秀な女子寄宿学校をご存じありませんか。知らないと元警視総監は答えた。ホッケーやラクロスやテニスならば、学校同士の評価に関して漠然とした知識を持っておりますが、女子にもっぱらゴルフをやらせる学校は存じません。たちまちジョージとフェイスの視線は、目の前の男よりもっと楽しい話相手を求めてさまよいだした。アプルビイも、そろそろ移動しようかなと、別れの挨拶代わりに独り言をつぶやいたが、ふとあることを思いついた。そうだ、バーフォード夫妻なら知っているかもしれん。

「ところでマーティン・アリントンさんはもう到着されましたか」

とたんにバーフォード氏は意外な反応を示した。獰猛な動物にも似た怒声を短く発したのだ。一瞬ラセラスがそばにいるのかと、アプルビイは周囲に目をやった。だがあの犬が人前でこんな声を出すはずもない。ふつう、ゴルフの話題が出たからとて、いきなり相手にかみつかんばかりの勢いで吠えねばならぬことはあるまい。しかも今の今までアプルビイには、ジョージ・バーフォードが短気な男だとは思えなかった。だがこれでそんな性分が明らかになった。妻の弟（なのだろう）の名を聞いたとたん、人間はまさに猛獣に変わったのだ。

「マーティンはまだ来ておりません」フェイスが答えた。不安そうにジョージの顔をうかがっている。まるで夫が打ちづらい芝の位置にあるゴルフボールであるかのようだ。

「首の骨でも折ったんだろうさ」ジョージが吐き捨てるように言った。「どうせそん――」

「ほら、ジョージ、プライド大佐ご夫妻よ。お二人にはサンドラと同じ年頃のお嬢さんがいるはずだわ。わたしたちご挨拶しないと」バーフォード夫人は顔を真っ赤にしている夫の腕を引っ張るようにして立ち去った。生まれつき敏速な判断や行動に向くような女性には見えないのだが――まあおそらく、ゴルフ場でアプローチショット（ボールをグリーンに載せるための短いショット）の打ち方を決めるときには別だろうが。しかし今の場面ではやむをえぬ対応だったに違いない。

アプルビイはさらに歩を進めた。もし誰かと話をしなけりゃならんのなら、バーフォード夫妻のせいで崩れた平衡を元に戻すためにレスブリッジ夫妻を探そう――すでに軽く目で挨拶は交わしたが。アプルビイがなぜそう考えたかといえば、この夫婦二組は一種の等価関係にあるからだ。フェイス・アリントンはジョージ・バーフォードと結婚し、夫に――ゴルフ場へ行かなかった短いあいだに――サンドラとステファニーをもたらした。水浴場で教育上すこぶるためになる午後を過ごした娘たちだ。チャリティ・アリントンはアイヴァン・レスブリッジと結婚した。ともに長いことテニス界では傑出した存在だった――混合ダブルスの巨星だったので、当然ながら両者の夫婦《めおと》生活による女児と男児一人ずつの誕生が期待された。だが生まれたのはユージーンとディグビーという一卵性双生児の男児だった。もう一五歳近くになっているようだ。今は部屋のすみで、少しばかり中味が残っているシャンパンの瓶数本を口元に運び、英気を養っている。サンドラとステファニーはこわごわこの奔放なふるまいを見つめている。二人はきれいなワンピースに着せ替えられていた。やはりすばらしい午後のひとときが送れているに違いない。

「坊ちゃんたちもテニスが大好きなんでしょうな」アプルビイがアイヴァンにたずねた。オーウェン・アリントンの親族と言葉を交わす際の適切な口調が身についてきた。といっても、オーウェン自身に対してはしごく不適切かもしれない。むしろだからこそ、マーティンがアリントン・パークの後継者になれたのだろうか。

「もう夢中ですよ、あの生意気な小僧っ子どもは。やめろと言っても聞きゃあしない。本なんか開きもしないし。学校の通知表を見たときには、わたしも仰天しました。一週間に一度はズル休みをして遊んでいるから、真っ黒に日焼けしている。勉強が遅れてもへいちゃら。しぶといやつらです。まるで野獣だ」

「ご自身は手ほどきをしてあげないのですか」アプルビイの目には、レスブリッジが息子たちを心底から怒っているようには映らなかった。

「いやあ、とんでもない。家庭教師を雇ってあります。科目はカエサル（『ガリア戦記』の作者として）と南米の歴史ですが。しかし、あいつらはまるで興味を示さない。むしろバカにしている。わたしが直々に痛い目に遭わせてやらないとだめかな」

「いや、勉強ではなくテニスの手ほどきのことですが」

「ああ、それはもう。キャリーとわたしが一人ずつ受け持っています。勉強の仕返しをテニスで、というわけで。一日六時間の特訓ですよ。上達するには練習しかない。一つの技をじっくり教えましてね。この休みはトップスピンに絞りました。ディグビーは上達している。でもユージーンは逆なんです」

「それは困りものだ。痛い目に遭わせる必要ありですかな」

「いや、いや」アイヴァンは大まじめに反論した。「教え方は犬に対するときと同じでないと。丸めた新聞紙で鼻先を軽くたたくんです。だが手を上げてはいけない」

「なるほど。だがユージーンくんなら、さほどたたく必要もなさそうだ。ディグビーくんも同じでしょう。二人は双子だから。ともかく優しく教えておられるようで安心しました」

「ええ、ご心配なく」

一瞬ながら相手が警戒するような目つきをしたことにアプルビイは気づいた。レスブリッジは話を続けた。

「ラテン語と歴史に関しては別です。必要あらばむちを当てることも許される。でもテニスでは細心の注意をするのが肝心なんです。お、キャリーが来た。キャリー、サー・ジョンが子どもたちに対するテニスの教授法を知りたいとおっしゃるんだ」

「我が家の難事業でして」チャリティ・レスブリッジは大柄で血色がよく、いかにも楽しげに明るく笑う女だった。今も持ち前の笑顔を見せている。ふとアプルビイは思い出した。そうだ、この人の持ち味は相手のコートに突き刺さるような鋭いファーストサーブだったな。それにここぞという場面にはフォアハンドのドライブも披露していた。今こうして見ると物事にじっくり取り組むふうでもないが。

「こちらが心配になるぐらいの本の虫でしてねえ」レスブリッジ夫人はなおも明るく笑った。「コートに引っ張り出すのも一苦労で」

「それは残念至極ですな」どうもアプルビイには、知的活動に対する行きすぎた取り組みの内容に関して、この父母《ペール・エ・メール》が相反する見解を持っているらしく思えた。だが夫婦間で論争は起きなかった。うまくいっている夫婦にはよくある例だが、ともに相手のいうことをいちいち深く考えないのだろう。

「ユージーンとディグビーは、サンドラとステファニーには格好の遊び相手なのでしょうな。あのお嬢さんたちも分別ある子どものようだ」

「賢《かしこ》立てはアリントン一族の特徴かしら」レスブリッジ夫人が答えた。吹き出しながらの一言だったが、癲癇《てんかん》や血友病や広い意味での精神障害というたぐいの、先祖伝来のいわば宿痾（持病の意）について述べているのですと、相手にそれとなく伝えることはできた。「伯父のオーウェンは天才科学者だと昔はよく評されたものです——もちろんもう現役を退いておりますが。マーティンも昔から頭がよかった。マーティンのことはご存じでしょうか。わたしどもから見れば、頭のよさが本人をいやな人間にしたのです」

「マーティン?」はっとしたようにアイヴァンが言った。「そういえば姿を見ないな。たぶん、なかに入っているんだろう」

「我々もなかにおりますが」アプルビイは無邪気な誤解をした。ともあれ、赤の他人も同然の相手に対して、身内の者をあしざまにいうのがアリントン一族の習慣らしい。あるいはこれも代々受け継がれてきた弱点なのか――脳に関する散発性疾病のように。「マーティンは別の部屋にいるということですかな」

「ムショ、ブタ箱、塀のなか、ですよ」アイヴァンが妻のお株を奪うごとく豪快に笑った。監獄を表す俗語を教えてやるのが楽しくてしかたないとばかりに。「酒気帯び運転の検査に引っかかってね。毎回マーティンみたいな連中がパクられるわけだ」

「今ごろはオーウェン伯父さまも聞かされているはずね。また保釈金を払うはめになりそうよ」レスブリッジ夫人もけたたましく笑った。どちらが陽気な人間か競争しようといいたげな夫に腹を立てているようだ。「マーティンがジョン・スミスとかウィリアム・ブラウンとかって名乗れば別だけれど」

「今はもうそんな手は通用しない」アイヴァンは首を振った。昔を偲ぶかのような、過去を懐かしむかのような、一瞬そんな言い方を試みたかに見えた。「車に乗っていればどっちにしろ無理だ」ここでいきなり声を押し殺した――少なくともかたちばかりは。同時にアプルビイに目くばせしながら言葉を継いだ。「速く走る車《ファースト》よりは男に対して手出しの速い《ファースト》女のほうがましでしょう――違いますかね、大先輩。期待を裏切られずにすむ昔ながらの楽しみですよ」

アプルビイは内心むっとした。おそらく無礼で卑猥な意見を聞かされたことより〝大先輩〟と呼ばれたことゆえに。それにもう酒飲みマーティンの話題にはうんざりしてきた——いや、アリントン一族の存在にうんざりしてきた。そこで、さらにいくらか言葉を交わして立ち去った——レスブリッジ夫人にはていねいに会釈をし、レスブリッジ氏には冷ややかな笑みを見せて。

「ごきげんよう」アイヴァンは明るく言った。気を悪くしていないのか。アプルビイは後ろめたかった。我が国有数のパブリック・スクールを出て、礼儀をわきまえていると同時に品格に欠け、テニスコートで強打できるのはテニスボールのみであることを知る男。ユージーンとディグビーは、さらに興味を惹く存在かもしれない。この二人は、ことによるとうわべとは違って賢い少年で、おのれの知能に傲慢なほどの自信を持っており、一日に六時間もラケットを振り回したり、高く上がったボールに対してお決まりのようにトップスピンを打ったりすることを、せせら笑っているかもしれない。あるいはママやパパと同じく、何も考えてなさそうな俗物だろうか。ぜひ詳しく知ってみたい。しかし、気の抜けたシャンパンでしたたかに酔っ払い、従妹たちにいいところを見せようと醜態をさらしている今は、本来のユージーンとディグビーではない。この姿で判断するのは早計だろう。

アプルビイはジュディスとオズボーンを探し始めた。今度は自分が頑固になる番だ。パーティは終わったんだ。今後ドリーム荘とアリントン邸とは、断続的で心もち形式的な交際をおこなうのみの間柄になるだろう。

# 11

夫婦はオズボーンとともにアリントン邸を出て愛車に乗り込んだ。ジュディスが運転席に座った。

「どちらから行く？　ね、ジョン、反対側の私道を通ってもいいかしら。ゆうべあなたが出入りした道よ」

「やめたほうがいい。かなりでこぼこしていた。今日の午後に通った道でいいじゃないか、池のほとりをまっすぐ通っていて。来たときに気がついた。これでも観察眼は悪くないつもりだ」

ジュディスは指示された方向へ無言でハンドルを切った。オズボーンは刺繍《ししゅう》を施した絨毯《じゅうたん》用スリッパを手にしている。衝動買いしたこの品を複雑な顔で見つめながら口を開いた。

「楽しいひとときだったな。なじんだ敷地を歩き回るのは心がなごむよ。アリントンも悪いやつじゃないし」

「親族の一部の者よりは人柄がいいな」アプルビイが応じた。

「そりゃそうだ。連中はまあ都会人だからな――あのレザーブリーチだかバーテンダーだか、そんな名前の家族たちは」オズボーンはでたらめな名字を口にしたが、悪意があるからではなく、本当に記憶があいまいだからのようだ。「マーティン・アリントンとは、久しぶりに会いたかったが、だめだったな。現れずじまいで。まあいずれにせよ愉快なひとときだった。スクレープのやつが楽しんでいる場面を見られたのもよかったし。礼儀正しい男だな」

「ウィルフレッド、あなた本気で言っているの？」祝典に最後まで残っていた客の一団の脇をすり抜けようと、車の速度を落としながらジュディスが言った。「アリントン一族の人たちを見ていると、ライオンとトカゲの侵略って感じがしない？」

「なんの侵略だって？」

「巷間伝えるところ、ジャムシードが栄華にふけり、大酒をくらった宮廷を
獅子と蜥蜴《とかげ》が手中に収めているという」（エドワード・フィッツジェラルドによる自由訳『ルバイヤート』〔一一世紀ペルシャの思想家オマル・ハイヤーム作〕第一八連から）

「ああ、それか！」教養の高さを示すこの引用にすぐ反応でき、おれの知識もなかなかのものだなとオズボーンは悦に入った。「いずれにしろ、オズボーン一族が存在するはるか以前からアリントン一族は存在していたわけだからね」

「だからこそ余計に事はやっかいなんじゃない？」

「たしかにそうだ」オズボーンはまた嬉しくなった。今度は心理的洞察の深さを確かめられたゆえに。「敷地を売りに出したとき、わたしはあそこを違ったふうに見せようと骨を折ったんだ。当時は本当にそう感じたものさ。売りたくて売ったわけじゃないが、あの一族から買い手が現れてくれてほっとしたんだ。だが今は――ああ、まったく同感だな。新たな人物の登場が待たれるところだ」

「〝戦時における平和《パクス・イン・ベロ》〟ぐらいのことなら誰でも言うでしょうよ」

「まあね。あの男も悪気はなかっただろう。若いころからずっと試験管やらなんやらに囲まれて生き

てきたやつだ。まさか試験管に憎まれ口をたたくわけにもいかんよな。お、池にきれいな光が当たっているぞ」

「ね、ウィルフレッド」――アプルビイには妻がひねくれ者の本領を発揮しだしたかに思えた――「あなた、もし例の財宝のありかをご存じなら、そのうちわたしと二人で半球レンズつきカンテラ（前方だけを照らすように遮光できるカンテラ）か何かの道具を用意して、夜陰に乗じて敷地へ忍び込んで盗ってしまわない？」

「とんでもない！」またもオズボーンは嬉しくてたまらぬように声を上げた。と同時に車外に目をやった。まず池の表面に、次いで私道ぞいに。まるで絨毯用スリッパの簡単な処分方法をふと思いついたかのように。「いや、あそこに押し入ってジョージ王朝ふうの銀食器をかっさらうことぐらいは、わたしもやりたいがね。家の紋章やら座右銘やらがごちゃごちゃついているやつだ。アリントンが競売場で気まぐれに仕入れてきたんだろう。だが財宝――べつに存在するとは言っていないよ――となると話は別だ。ほとんどがアリントン家の財産だったに違いない。あの一族の富は王に向かって流れていったんだ。一方オズボーン一族はといえば、チープサイド（ロンドンのシティを東西に横切る大通り。ロンドンにおける商業活動の中心地だった）を行ったり来たりしていたわけだよ、クロムウェルの新型軍《ニューモデル・アーミー》（議会派が編成した軍隊。一六四五年に内乱を制した）のために大陸製のよろいかぶとを手早くそろえるために。たしか新型軍と呼ばれていたんだったな」

「そのはずよ。だけど、財宝の大部分はアリントン家のものじゃないと思いたいわ。ありとあらゆるところから、ここへ集められたんじゃないかしら」

「いずれにしろ発掘された場合はオーウェン・アリントンの財産になるはずだ」

「まず埋蔵物鑑定官《コロナー》が調べなきゃならんだろう」アプルビイが言った。「ノックダウン氏にも検死官《コロナー》はつくだろうが」

「あ、そうそう、それで思い出したけれど」ジュディスはまだ私道を慎重に走っている。「ジョン、警察本部長に事件のこと話したの?」

「もちろん。死んでいたのはレオフランク・ノックダウンだと伝えた。わざわざフォットンウェイからやってきた電気製品マニアだ。プライドは唖然としていたよ。わたしがロンドン警視庁からコンピュータなどの機械を急いで運ばせて調べたと、そんなふうに思ったらしい。ともかく丁重に礼を言ってくれた」

「で、あの人、あなたに心酔するというわけかしら」

「ああ、そうだろう。礼節を知る男だよ、きみの親友のトミー・プライドは」

「驚くわねえ、この地域にはなんてたくさん礼節を知る人間がいるんでしょ。ウィルフレッドがさんざんそういう人たちを褒め上げたと思ったら、今度はあなたが」

「お、ちょっと停めてくれ」唐突にアプルビイが言った。「道路べりに載ってもかまわんだろう。散々もう荒らされているんだから、今さら車が通ったところでどうってことない」

　先ほど、三人を乗せた車は私道を直角に曲がって本道に入ろうとしていた。すぐ左にある池は先端の深い箇所まで次第に狭くなっている。道路より下にあり、低くて目立たぬ橋のかかったその箇所へ緩やかに水が流れ込んでいる。今、三人は水際に立って池を見つめている。だが視線はさほど遠くには向いていない。というのも、わずか四フィート（約一・二メートル）先に、虹色ながら黒ずんでいる大きな油膜が浮いていているからだ。しばらく前にかたちが崩れだしたようだ。わかれたいくつもの膜が水面をゆっくり斜めに動いていている。

「油にまみれた少年についての我々の解釈は正しかったな」アプルビイが穏やかに言った。「やはりこの膜のどれかを突き抜けたわけだ。しかし水中はどうなっているんだろう」

「何かの管《くだ》が裂けたんでしょうよ」ジュディスが答えた。

「あるいはまったくの自然現象か」オズボーンも自説を述べた。「きっと油田があちこちにあるんだ。だからって大きな油田だと決まったわけではないが。ときおり油がぼこぼこ浮き上がってくるところが見られるんだが、沼気《しょうき》（沼や湿地の土中で有機物が腐敗する際に発生するガス。主成分はおもにメタン）か何かと間違えられるんだな」

「沼気ならこんなに大きくはない」アプルビイが言った。

「たしかに」オズボーンはまじめくさって応じ、いったん間を空けてまた口を開いた。「ジュディスの意見が正しいのかな。うむ――そうだ、ジョン、自動車のパイプだぞ」

「かもしれん。とすると我々はひどい自動車事故の唯一の跡を目にしているわけだ。いつ起きたんだろう。油洩れしたのは直後か、あるいは数日後か。泳いでいたリチャード・サイファスやその仲間のもとに油が流れ着くには、少なくとも一時間ほどはかかるはずだ。今いえるのはそれぐらいだな」

「そんなに前から見えていたわけないわ」ジュディスが言った。「祝典には大勢の人が出入りしていたんだから、誰かが気づいたでしょ。わたしたちだって着いたときにわかったはずよ」

「その点は大いに疑わしいね」あいかわらず緩やかに流れているが、今は妙に不吉な様相を呈している油膜を陰気な表情で見下ろしながら、アプルビイが言った。「さほど大きくもなく目立ってもいない」

「ジョン、もしかしたら、あの若い人――トリストラム・トラヴィスのことよ――が双眼鏡で見ていたのは、これだったんじゃないかしら。鳥の群れなんか眼中になかったのよ」

「一羽の小鳥ちゃんのこともな——ミス・ジャンキンが小鳥のようにかわいい女性だとして。だがなぜトラヴィスはこんなものを眺めていたのか——しかもそれを我々には隠していたとは。きみの心はまたもやタカのごとくメロドラマに狙いを定めていそうだな」

「思い出したわ。あの人、池のこの先端を見ていたのよ」

「で、別なことをしゃべり、別なものを指さしていたわけか」

「ソン・エ・リュミエールの関係者がトラックで運び込んだ機材や門ね。関係者が門に何かをぶつけたから、ちょうつがいが外れたんだって本人は言っていたけれど、わたしは違うと思う。門は誰かに持ち上げられて動かされたのよ」

「重い機材を入れたり出したりするのに便利なようにな」オズボーンが言った。「だが事故の危険性も高くなる。なにせ池がこんな近くまで寄っているんだから。底も深いし。だから、ずっと前の話だが、わたしは門をあそこに取りつけたんだよ」

「もはや原位置《イン・シトゥ》にあらず、と。まあ、じきに理由はわかるだろう。さて関係者は門をどこに運んだんだ。我々が車で来たときには、本来の場所になかったわけだ。あれば気づいていた」

「そうでしょうとも」ジュディスが言った。「ほら、あれ」

門は私道の反対側に運ばれ、芝生のへりから一五フィート（五メートル足らず）奥の地点に置いてあった。アプルビイはそこに近づき、門については当然のこと、基礎のしっかりしている門柱——門は通常これに支えられている——も点検してから、妻たちのもとへ戻ってきて池を見つめた。

「我々の話は理屈が通っとらんな」アプルビイがふと言った。「そんなに危ないことはない。分別のある者なら、自分の敷地に通じる出入り口二つのうちの一つに、物騒な代物を持ってくるはずがなかろう」

「ジョン、何かが通ったような跡があるわ」池の先端あたりをぶらつきながらジュディスが言った。「ものが行ったり来たりしたのは池すれすれのところだったのね」

「おいおい、そうはいっても、きみが愛車のハンドルを握り締めて、油が浮いているところへ直行するのとはわけが違うんだよ。だが一つ、これはいえるだろう。もし誰かが本当に門を動かした——実に無謀な行為だが——にせよ、現場の混乱がひどすぎるから、簡単にはその形跡は見つからなかったはずだと。もし運んできたのが少し前の時点ならよけいそうだな。たとえば今朝に重い機材が運び出される前ならば」アプルビイはきびすを返して再び門を見つめた。「おい、なんとか言え！」いきなりどなった。「こいつが何か事情を語ってくれるはずだ」

「かもしれない」ジュディスが答えた。「適切な行動を指示してくれそうね」

「もちろん」アプルビイはにこりともせずにうなずいた。「だが実際に何が起きたにせよ、ここにあと五分ほどいてもなんにもなるまい。プライドはもう帰ったのかな」

「まだでしょうよ。奥さまと二人で最後まで居残るに決まっているわ。アリントン一族と一緒に」

「ああ、そうだ、ウィルフレッド」アプルビイはオズボーンのほうを振り向いた。「どうやら警察の出番が来たらしい。いちばんたやすい手は、このまま帰宅することだ。アリントンにもすぐ知らせんとな。なにせ現実からは目を背けられんから」

「現実から？　どういうことだ、ジョン」オズボーンはあわてたように言った。

「もし人が沈んでいるとしたら——」アプルビイは池を指さした。「たぶんきみも見当がつくだろうが——いまだ姿を見せないマーティン・アリントンである可能性が高い」

「え、だが、どうして――」

「まず、マーティンはかなりの酒好きだという。自動車事故では飲酒運転の例が少なくない」自分のいらついた口ぶりにアプルビイは気づいた。「すまんな、ウィルフレッド。何か別なことが頭にあったんだが、どうしても思い出せんのだよ。だが、あの門にまつわる事柄だという気がしてならない」

「誰があれを動かしたのは突き止められるわよ」ジュディスが口をはさんだ。「いつ、どうして動かしたのか、も」

「そうだな。できるはずだ」アプルビイは答え、少し間を置いてから言葉を継いだ。「ほら、わたしがこちら側からアリントン邸へ入ったのは今日が初めてだろ。だがこの道自体は今までも何度か通っているんだ。だからなんとか――」口をつぐんだ。

「きみ、心配するな、きっと思い出すよ」オズボーンが励ますように言った。「この不幸な出来事を早く通報してすっきりしたほうがいいな。ひどい話だ、もし本当に死亡事故が起きたのなら。昨日に一件、今日に一件か。やりきれんな」

「まったくだ」アプルビイも応じた。「しかも、遺憾ながら、こうしたことがまた起きないとは誰にもいえないんだ」

# 第二部　一二時および二時

## 12

マーティン・アリントンの姿には、さほど変化は見られなかった――ただし今回の場合、生き延びようという努力をする余地はなかったが。蘇生術が試みられた――水に溺れた者に対してはいつもそうだ――ものの、しばらく前に息絶えていたことははじめから明らかだった。少なくとも――と、警察の検視医がきっぱり言った――死後数時間は経っている。

マーティンはあいかわらずマーティンだった。若い――かろうじてそういえそうだ――男で、数年前にはみじめでぶざまな行為の結果として死の一歩手前までいっていた。そうして今日、本当に死んだ。捜査当局の人間に布をかけられ、救急車に運び込まれる直前の遺体を目にしたアプルビイは、今回の無謀な行為にも何か不面目な事情がからんでいるに違いないと思った。犯罪とは無関係だろう――ただむろん、酒を飲んで馬力のある車を運転するのは立派な法律違反だが。マーティンはかなり酔っていたはずだ。しらふの者なら、発射体さながらに車もろとも池に突っ込むようなまねはしでかすまい。

最後の瞬間にハンドル操作を誤ったのは確からしい。そのせいで事故が起きたのか。ブレーキの故障が原因だったとも考えうる。こちらの可能性は低いだろうが。いずれにしろ細かく調べなければならない。車は警察によって池から引き上げられ、私道の反対側に置かれている。一人の警官がそばに立ってまわりを監視している。車は池の底の泥とガソリンにまみれている。ウキクサの〝花綱装飾〟を施されている。そのほかにはとくに異常はなさそうだ。検死官の便宜を図るべく狭い場所に閉じ込められたあとは、またふつうに走りだしてもおかしくない。馬力があると同時に車体もしゃれていた。中古車の競売場ではきっと豪華に見えたはずのクーペ――だから運転手は助かる見込みがなかったのだ――だ。新たな誇り高き所有者もハンドルを握るのかもしれない――この小さな痛ましい事故については何も知らぬままに。

マーティン・アリントンも、検死官の便宜を図るべく狭い場所に閉じ込められたのだろう。軽率にもおのれのベッドの上で完璧に説明可能な死を迎えなかった者が受ける処置だ。あいつ、人生の最後に、いつまで息を止めていられるか実験するはめに陥ったわけだな。そうアプルビイは思った。水面から六フィート（二メートル足らず）下のところで、浮かび上がってこようともがきながら。まだほかにも実験がなされている。アルコールのおかげで遺体の酸化は多少とも妨げられたのだろう。でなければ腐敗の仕方や速度は違っていたはずだ。この点に関して検死官はさかしら顔で科学的証拠に依拠するだろう。もしその証拠の正しさを立証するような材料が出てきた――可能性は薄いだろうが――にせよ、専門家によって主張は異なるのではないか。どちらの主張にしろ、こんなひどい最期を遂げた哀れな男にとっては救いにはなるまいが。

偶発事故による二名の死亡――アプルビイは再びアリントン・パークに通じる私道をぶらつきだした。ジュディスはまだ現場に立っている。オズボーンもだ。オーウェン・アリントンにきちんと伝えなければなるまい――もう最初の事件による精神的動揺からは立ち直りつつあるだろう。バーフォード夫妻やレスブリッジ夫妻ともまた話をする必要がありそうだ。両夫妻はことによると、すでに故人であることが明らかになった親族の一人に対して、自らが口にしたかなり冷たい言葉を思い出して、いやな気分を味わうかもしれない。いや、あるいはそんなたぐいの人々ではないかもしれない。ゴルフ場やテニスコートにおける〝急死《サドンデス》〟とはどういうものか、考えてみればよい。マーティンがマッチポイントを握られた、マーティンが最終ホールでショットをバンカーに入れた……。歩を進めるアプルビイの頭のなかを、こんな妙な言い回しが駆け巡った——何か気になることがあるせいだ。

偶発事故による二名の死亡——ほかにも二件の……。

祝典の名残が敷地のいたる場所にあった。アイスクリームの箱やタフィー（砂糖やバターを煮詰めたキャンディ）の包み紙が目立つが、よく見ると驚くほど多様なものが転がっている。巫女《シビラ》ミス・パイフィンチが神託を告げる場としていた更衣用天幕も解体された。その過程で装飾も取れていった。だからスフィンクスの頭やほうきの柄、大釜、フクロウなど、一般人にもおなじみの禁制かつ神秘の象徴——すべて派手な色の紙でできている——が、風を受けてテラスのあちこちでひらひらしている。不気味な光景だ。スクレープの大天幕は、ほったらかしにされてがらんとしており、じっと動かぬまま獲物のヨナ（旧約聖書に出てくるヘブライの予言者。不信心ゆえに海に投げ出され、大魚に呑み込まれた）の到来を待つ大きな白鯨を想わせる。そこかしこで、子どもたちが悪ふざけをし、野良犬が用を足している。たぶんこの後者の存在をいちばん目障りに思っているのはラセラスだろう。苦い顔で犬どものようすを眺めている。

居残った面々は屋敷の南西側の角にあるガラス屋根つき開廊《ロッジア》に群がっている。この位置に立つと池がいちばん見やすい。ひっそりしている死の現場から、みな立ち去りたくないという病的な心境にあるのではないか。そんなことも感じるような光景だ。サンドラとステファニー、さらにディグビーとユージーンの姿だけが見当たらない。四人とも寝室へ追い立てられたのか。ここでアプルビイはふと思い出した。遺体が発見されて集った者たちのあいだに動揺が広がると、バーフォード夫妻とレスブリッジ夫妻は、〝子どもたちには知らせまい〟といういささか非現実的な方針を決めたのだ。だからもう四人の少年少女はベッドに入っているのだろう。親に許された本でも読んでいるのか。ディグビーは『ボビー、母校のためにプレーする』、ユージーンは『ボビー、ウィンブルドンへ行く』かな。ステファニーはサンドラに、『プリシラの会心のラウンド』という感動的な物語を読んでやっているのか。実際こんな若年者用の啓蒙書が存在しているのだ。

　こうしてぼんやり物思いにふけっていたアプルビイは、テラスをせかせか歩いてきたオーウェン・アリントンとぶつかりそうになり、はっと我に返った。アリントンはアプルビイの手を取るようにして短い階段を下り、中央にプールがある小さな沈床園《ちんしょうえん》（周囲より一段低く造られている庭園）に入った。ここは気詰まりなほど手入れの見事な庭だ。くっきりした長方形に刈られた芝には一つのごみも傷もない。わざとらしく笑っている幼子の鉛の像が低い台座に載せられてあちこちに置かれている。

「プライド氏は帰りました」アリントンが口を開いた。「奥方を自宅まで送るために。ですがまた戻ってきます」

「そうですか」アプルビイは答えながら察した。警察本部長はアリントンの親しい友の一人なのだな。初めて心の痛みを味わう友のそばについていてやりたいのだろう。

「あなたにお残りいただいたことにも感謝しています。レディ・アプルビイが気を悪くされなければよいのですが。八時に全員の方に対して簡単な事情聴取があるだろうと、エンツォには伝えておきました。できましたらご同席をお願いします。プライド氏お一人より、お二人の専門家――有能なお二人であることは重々承知しております――の目で見ていただいたほうが、なおよいでしょうから。わたしとしてはお二人が頼りです」

「まさか――」軽い驚きを覚えてアプルビイは言葉に詰まった。「甥御さんの死に謎めいた事情があると、本当にお思いではないでしょうな」

「いや、ありますとも！　これは犯罪ですよ、アプルビイさん。マーティンがどんな活動をしていたか、もう我々は率直に話し合うべきだと思いますが。差し障りがあるようなら諜報機関の部署の名は挙げるまでもないでしょう。ですが現実から目をそむけることはできない――それにもちろん、そうした活動がどんな危険を伴うものか、あなたはわたしよりずっと詳しくご存じでしょう。マーティンは殺されたのだ。何か秘密を握っていたから。犯人が捕まるまではわたしも気が休まりません」

「犯罪の可能性は無に近いとしか考えられませんが」アリントン邸で何か事が起きると、ことさら現実離れした見方をしたがる人間が多いなとアプルビイは思った。「もちろん無に近い可能性でも考慮すべきなのは確かですが」間を置かずに付け加えた。アプルビイにはぴんときた。この男、少しかっかきているのかもしれん。なにせ甥を失ったと同時に跡継ぎをも失ったのだから。一族の昔の財産を発見したということが頭から離れんようだ。もし、異常な原因で自分の甥が愛車もろとも池に突っ込んでいったと、この男が信じている――言い分を聞いていると、そう思うほかない――なら、しばらくはこちらも穏やかに応じてやったほうがよさそうだ。

「あなたこそ真相を究明できる方だ」アプルビイがふと我に返ると、何やらただならぬことをにおわせているかのごとく、アリントンが低い声で言っていた。「ゆうべは例の件を解決なさった。地元の捜査当局など、手がかり一つ見つけられなかったのに。プライド氏によると、あの男はノックダウンというらしい。聞いたこともない名だ。電気製品マニアだそうだが。ともかくあれはもうどうでもいい。屋敷とは無関係の話だ。あなたにはぜひマーティンの件をお願いしたい」

「わたしでお力になれるなら、喜んで」アプルビイはぼそっと答えた。偶発事故による二名の死亡か。ほかにも二件の……。

　だが、それがなんなのか。はっきりとは頭に浮かんでこない。ふと気づくとアリントンは立ち上がり、そわそわしている。

「もう行きましょうか。まず関係者の事情聴取から始めていただければ」

「いやあ、それはちょっと！」相手の突飛な言い草にアプルビイは面食らい、筋の通った話し合いに軌道修正しようと――あまり意味はないかもしれぬが――した。「甥御さんは諜報活動をしていたせいで亡くなったと信じておいでなら、わたしが何を話しても――」

「いや、その考えに凝り固まっているわけではありません。とにかくマーティンは跡継ぎだったのです。わたしの全財産を受け継ぐ男だった」アリントンは不意に芝居がかった身ぶりをした。アプルビイは驚いたが、こっけいな気もした。偶然にせよ、よそよそしいほど整然たる小庭園や愚劣な鉛の幼児像《プッティ》に向けて、相手が両手を振り上げたかに見えたからだ。アリントンは上ずった声で言葉を継いだ。「あいつはみんなの嫌われ者だったということではないのか」

　アリントンは後ろを振り向き、歩きだした。再び短い階段を上っていったが、途中で少しよろけた。あたかも激情を抑えきれぬせいで一瞬からだの自由を失ったかのように。アプルビイもあとに続き、二人は無言で開廊まで歩いた。ふむ、激しい感情を抱いているのは確からしい。こちらにもそれが伝わってくる。だがその感情は、実際のところ何ゆえに生まれ、何に向けられているのかな。アプルビイには思い当たらなかった。

開廊には厚い詰め物をして外張りした派手な色のソファがいくつも置いてあった。座るとからだが沈むほどふかふかしていて、羽振りのよい人々がこういう場所へ置くにふさわしいと思える品がほとんどだ。パーティでは、シャンパンの役割が不評のうちに終わり、今はジンの出番となっていた。サイドテーブルには、ジンの入った瓶が数本、雑多なジンの代用品を詰めた瓶にまわりを囲まれて立っている。ときおり、レスブリッジ家かバーフォード家の人間が、この瓶の群れからいっそうの慰安を得ようと、左右に揺れたり急速に進んだりするあれこれの乗り物――なにせ両家は運動好きだから――のある場所から抜け出てきた。ウィルフレッド・オズボーンは、トニックウォーター（キニーネ、レモン、ライムの入った炭酸水）と、どうにか背筋を伸ばして座れる窓台とを見つけたようだ。心からくつろいでいるようすで、控え目な笑みをもらしている――つまり（アプルビイにもぴんときた）今の状況に懐疑の念を抱いているのだ。部屋の一角では、こんな人の輪には加わるまいという雰囲気を強く漂わせながら、ホープとトリストラム・トラヴィスがぼそぼそと言葉を交わしている。えらいものだ、アリントン嬢は若い男の気持ちを和らげてやろうと努めているのだなと、アプルビイは思った。相手の男はいわばこの場に押しかけてきて、自分でも今どんな顔をしたらよいのか迷っている。敷地内で思わぬ騒動が持ち上がったのにトラヴィスがすぐ立ち去ろうとしないのは、いささか驚くべきことではないか。捜査をするとなると、この一角から始めるのがよさそうだとアプルビイは踏み、歩み寄ってトラヴィスに声をかけた。

「一つ疑問点があってね。きみなら答えがわかるかもしれない。あの池、どの辺がいちばん古いだろう。屋敷や城のそばかね」

「違う気がする」トラヴィスはゆっくり答えた。「うむ、違いますね。元々の池の大きさはせいぜい水たまり――深い水たまり――程度だったようです。現在の橋がある付近までですね。ミス・アリントン、ご存じですか」

「いえ、知りません。でもわたしもそうだと思います。水は流れ込んできたとまったく同じように、たまったところから流れ出て、今の庭園のあいだを通っていったのでしょう。その後になって屋敷の住人は、堤防かダムのようなものを築いたり、ちょっとした手を加えたりしました。現在のかたちはその結果です。ふつう観賞用の池はこんなふうに造られますね。ブレナム宮殿（オックスフォード近郊にある邸宅。一八世紀初頭に建てられたバロック様式の代表的家屋。ウィンストン・チャーチルはここで生まれた）の場合もそうです」

「なるほど」アプルビイはすぐに話題を変えた。「あなたの伯父さんによるとプライド大佐が戻ってくるそうで。ご本人はほっとされています。マーティンさんの死で相当な心の痛手を受けておられる――あなた方もそうでしょうな」

「サー・ジョン」ホープが言った。「トラヴィスさんに何か飲み物を持ってきていただきましょうか」

「いや、けっこう」うまく探りを入れたはずなのに、相手が平然としているのでアプルビイは逆に動揺した。「甥御さんの死因には捜査すべき点がずいぶんありそうだと感じておられますよ」

「それはマーティンの生前についてもそうでしょ」

「あの、ちょっと」トラヴィスが口をはさんだ。「ぼくはそろそろこの場から消えます。いや、消えるより人の波をかきわけるというべきかな」

こいつ、今ごろ室内のようすに思い至ったのかとアプルビイは思った。やや気遅れしていると見えなくもない。アリントン嬢も同じように感じたようだ。

「まだいてちょうだい」そっけなく言ってアプルビイのほうを向いた。「わたし、兄とはどちらかといえば疎遠でした。でもとにかく兄の品行が悪かったことは知っています。警察が捜査をすれば、本人には不名誉な事実がいろいろ出てくるでしょう。今後みんなの頭からアリントン家の後継者に対する記憶が消えていくよう、伯父は努めるはずです」

アプルビイとしては返事に困る発言だった——しかも、なるほどとも思える内容だ。アプルビイはあらためて相手の顔をよく見た。ホープは若く美しい。何より声が魅力的だったので、その口から意外な言葉が発せられると、なおさら聞く側は驚かされる。

「池のいちばん古い箇所とは、マーティンの死に関して捜査をなさる対象ということですね」

「ミス・アリントン、この際はっきりさせておきたいが、わたしは捜査をしていません」こう言いながらも、ん、本当かなという思いが頭をよぎり、その後ろめたさからアプルビイはむしろ大胆な態度に出た。「わたしの見るところ、今のアリントン邸における唯一の謎はむしろ他愛ないもののようです」ここでトラヴィスに顔を向けた。「そうに決まっている。でなければ初対面の我々夫婦に、きみがあれほど軽々しく話題に出すわけもなかろうからね」

「ぼくは無責任なやつなんです」トラヴィスが答えた。虚を衝かれて一瞬はっとしたらしいが、すぐ本来の明るさを取り戻した。というよりこの場では不謹慎なほどはしゃいでいる。だからとて、ミス・アリントンが喪中の人間にふさわしい口ぶりを心がけているとも思えんがと、アプルビイは心につぶやいた。と、ここでミス・アリントンの口からいらついた声が発せられた。

「トリストラムは役立たずなんです」

「そうでしょうかね」アプルビイは反論した。「それにあなたも見せかけをかなぐり捨てるほうがよろしいでしょう」

「どういうことですか――見せかけって」

「あなたとトラヴィスくんは結託していないという見せかけです」

「結託?」ミス・アリントンはアプルビイをぐっとにらんだ。「ずいぶん物騒な表現ですね」

「ただの言葉の綾です。要するに、トラヴィスくんはあなたのトリスタン（＝トリストラム。アーサー王の円卓の騎士団の一人。伯父のコーンウォール王マルクの妻イゾルデとの悲恋で知られる）であり、あなたは彼のホープ（希望の意）というわけだ。二人で何かを企てている。だがここまでの状況から考えて、うまくはいかんでしょう。トラヴィスくんはかなり頭のいい若者だ。周囲からずっとそう言われてきたのだろうね、パブリック・スクール時代から――だからさほど間違った行動には出まい。敷地内で起きた二件の不自然な死亡事故のせいで、計画の変更が必要であることは本人もわかっている。今やアリントン邸の雰囲気は一変した。警察官――プライド大佐やわたしも含めて――がうろついている。あなた方二人は共謀関係にある。同時に計画を練り直す余地がかなりあるとも感じている。とはいえ結局のところ自らの策が功を奏さない場合、単なる家族のあいだでの冗談事として片づけられる。違いますか?」

「ひどいおっしゃりようですね、サー・ジョン。トリストラム、そう思わない?」

「うん、ほんとに」トラヴィスはおざなりのような返事をした。「あまり人に知られてない関係を持つ程度で、共謀といわれてもね」

「きみ、なぜミス・アリントンとの婚約を秘密にしているんだ、トラヴィスくん」

「お答えするには時間が必要かもしれません」

「なるほどな」

「不適切な質問にあわてて回答することもないでしょ。違いますか、サー・ジョン」

「そうかな、今の状況のもとで、あなた方若者のことを調べるのは不適切ではないでしょ」アプルビイはにこやかに応じた。「あなた方も承知のうえだろうに。当然ながら二人とも、なぜわたしが池の最古の位置をたずねたかはわかっている。さっきの質問と関連があることは一つしかありえない。わたしはべつにマーティンの話などしていなかったよ。池に落ちたマーティンが古い箇所を選んだのか新しい箇所を選んだのかは問題じゃない」

「そうですか」トラヴィスが言った。「つまりぼくらの仲をご存じだというのはわかりました。ホープ、きみもわかったね」

「ええ」

「それでは、サー・ジョン、打ち明けますよ。ホープとぼくは互いの関係を隠してきました。別のある事柄を隠す手段としてね。ぼくらは例の財宝を手に入れたいんです」

「見事なほど率直な発言だね」

「あら、違うわ！」ホープが口をはさんだ。「わたしたちが使うためじゃないの。伯父に贈るためです」

「お姉さま方のためでもあるんでしょ」アプルビイはアリントン一族の末娘に心もち皮肉な目を向けた。「どうもあなた方が変わり者の家族に思えて仕方ない」

「だとすれば伯父の責任です。伯父にとってはマーティンだけがわずかな興味の対象でした。あんなゴロツキだけが！」

「これこれ、ミス・アリントン！」さすがにアプルビイもどきりとした。

「たしかにマーティンは亡くなったけれど、わざとらしく死を悼んだりはできないわ。なにしろ本人は一族の何もかもを手にする立場にあったのだから。行動も無責任だったし。伯父は財産家じゃありません。ちょっとした幸運で大金をものにしただけなのに、それをほとんどアリントン・パークに注ぎ込んでしまいました。栄光ある一族の再建をめざして。それに、〝大人の息子の誕生〟をめざして──昔はそういう言い方をしたそうです。やり手で成り上がりのお金持ちが土地を買収して、すべてを一人の跡継ぎに残そうとしていた時代には。伯父がわたしたち三姉妹のことを放っておこうとしていたのは、どう見ても明らかです。こんな状態でマーティンに愛情など持てないのは当然じゃありませんか」

「そうですかな」アプルビイはトラヴィスの顔を興味ありげに見やった──自分の妻になるべき女の、あまり〝女らしくない〟一面をどう受け取っているかな。ところがアプルビイの目に映った若者は平然としていた。「状況が変わったんですよ、ミス・アリントン。マーティンはもはや伯父さんの跡継ぎではない。まだ白紙の状態だ」

「どういうことですか」ホープははっとしたような声を出した。

「アリントン・パークを託す人間を伯父さんはこれから決めなければなりますまい。動物のすみかにするつもりなら別ですが。すでにそういう状態なのか否かは知りませんがね」

「ラセラスがいますからね」トラヴィスが言った。「跡継ぎはラセラスだったりして。それともラセラスとエンツォのコンビかな。あ、また軽薄なことを口走ったか。財宝に話を戻しましょう。アプルビイさんはこうお思いのようですね。ぼくがいち早く見つけてかっさらい、ホープに相応の分を渡すつもりだと。それが本当なら恐るべき策略ですよね」

「立派な法律違反だよ、トラヴィスくん」

「フェイスさんとキャリーさんにもわけてあげようかな。でもそうすると犯罪者の数を増やすだけになりそうだ」

「まさかそんなやつの数を増やそうとは思うまいね」

「いわゆる〝自由意志にもとづいて〟おこないはしないでしょうね。やむをえない事情があれば別でしょうが」トラヴィスはいったん口を閉じ、アプルビイの目を見ながら人なつこい笑みを浮かべた。

「ぼくらと組みませんか、サー・ジョン」

「トリストラム、あなたってほんとにバカね」なじるように言ったが、婚約者が元警視総監を本気で誘っているとはホープも思っていないようだ。こいつはへたに突《つつ》くと爆発しかねない女だなとアプルビイは見て取った。ホープにとってのトラヴィスの魅力は、何事も深刻には受け止めぬ点にあるのか。

「本当に池のあそこに財宝が沈んでいるのかな」アプルビイがたずねた。「きみ、文書を調べていて、それをはっきり示すくだりにぶつかったのか？」

「ほぼ確実な手がかりといえそうです。水は城の低い位置にある庭を通って流れてましたね。もちろん城を包囲した側が流れの向きを変えましたが、ひどい洪水があってダムが決壊したんです。でも財宝については、アリントン家の人々が小舟に積んでどうにか救い出し、手近な水の深いところに沈めました。本人たちは不本意だったが、待機してる荷馬車と合流しようとする際に支障が生じたので、そうするしかなかったらしい。信じがたい話でしょうが、財宝がまだ沈んでる可能性は大きい。ホープの亡くなった兄さんはそれを引き上げようとして飛び込んだに違いありません。遺体と派手な車の引き上げが始まったとき、ダカット金貨（中世の欧州大陸で用いられた通貨）やマーク銀貨（かつてのイングランドやスコットランドの貨幣）やルイ金貨（一六四〇年からフランス革命まで使われたフランスの金貨）やソヴリン金貨（一九一五年まで使われたイギリスの一ポンド貨幣）も一緒に上がってきそうな気がして、ひやひやしましたよ」

「ペソ銀貨（昔のスペインの貨幣）もね、『宝島』（スティーヴンソンの冒険小説。一八八三年）みたいに」ホープが言った。アプルビイにはどうも投げやりな口ぶりに聞こえた。兄の遺体から金貨がジャラジャラ落ちる光景なんて、自分には耐えられないといわんばかりだ。「どうしてマーティンはあそこへ飛び込もうなんて思ったのかしら」

「何か真相解明の手がかりをつかんだのかな」トラヴィスが答えた。「池のあのあたりと宝とを結びつける何かをね。だから以前からあそこに興味を持ってた。で、いよいよ金に困ると、まるで磁石に引き寄せられるように――」

ホープがついと立ち上がった。

「もうそこまででいいわ。わたし、マーティンのこと嫌いだったし、見下してもいた。これからもそのことは隠したりしないわ。でも死んだ人間を肴にして軽口をたたくのはやめましょ」

# 13

警察本部長は約束をたがえることなくアリントン邸に戻ってきた。アプルビイが先ほどちらりと見たときには、プライドは当主と二人でテラスを行ったり来たりしていた。オーウェン・アリントンの口調は激しかった。まだ興奮しているらしい。プライドは居心地悪そうに見えた。アプルビイがホープとその婚約者のそばから離れる——当面はもう話すこともないので——や、プライドも当主と別れて近づいてきた。

「アプルビイさん、よかった、まだおられましたか。ちょっと二人だけでお話ししたい。ここにいると息が詰まりそうだ」プライドは口をつぐんで歩きだし、ほかの者から離れたところで言葉を継いだ。「アリントンから長々と聞かされましたよ、甥っ子の不幸な事件の謎とやらを。どうやら甥っ子は保安組織《セキュリティ》にいたらしい——諜報部第5部《MI5》などのたぐいだ。あなたが事情をご存じだというんだが、そうなんですか」

「そのとおり」

「ほんとに！　だがまあ取るに足らない問題だ。つまりそれ自体では。やっかいなことにアリントンは妙な想像を——」

「ええ。わたしも聞きましたよ。マーティンは事故死したんじゃないと思っているようだ」

「スリラー物だか突飛なスパイ物だか、そんな話に仕立てている。気が変になっているんですかね、落胆のせいで。自分の庭であんなことが起きたら無理もないが」

「ふむ。しかしアリントンの頭が狂ったかどうかはなんとも」

「おやおや！」プライドはアプルビイを見すえた。「あの人の話を信じているわけじゃありますまいね」

「スパイ話を？　いや全然。それにアリントンが本音を吐いているとも思わない。話を脚色しているようだ。あなた、一族のことはよくご存じなのかな。どうもわたしには妙な連中に見えるが」

「アリントンとはたまに会います——当然のなりゆきですよ、この土地に住んでいる以上。姪っ子やそのだんなのことはほとんど知りません」

「アリントンは財産を甥に継がせて、ほかの者には知らん顔だったらしい。姪たちはほとんど何も手にできないはずだった——もちろん不満の色がありありだ。どうやらアリントン自身も後ろめたく思っているらしく、自分の意図が知れたことで親族間に生まれた憎しみや憤りを実際以上に感じているようだ。だから我々が負うべき任務は身内殺しの現場の特定だと、あの男はことさら主張しているわけです。だからこそ頭がおかしいともいえそうだ。現状に対する常識的な見方をまるで無視している点がね」

「へえ！」プライドは仰天した。「やっぱりおかしい。そんな異様なことなど起きるわけがありません。少なくともまともな人間のあいだでは」

「そこまで言い切れますかな。だがたしかに立派な家族にはありえん話だ」

「要するに」プライドはアプルビイを気づかっているような目を向けた。「アリントンがスパイ話をでっち上げているのは、親族の一人が手を染めた悪事から我々の注意をそらすためだとおっしゃるのですか」

「なんともいえません。捨てがたい可能性を挙げたと思っていただきたい」

「だがあの男もそろそろ口を閉じてほしい。今回の悲劇に関して、わたしは事故と見ていると明言しているのですから。あの、ご自身はどうです？　何かあの男におっしゃいましたか」

「逆ですよ、プライドさん。向こうがわたしに何か吹き込もうとしている。一族のなかに陰謀があるという考え――むろん荒唐無稽なのだが――を本当に抱いているとして、あれが事故ではなく事件だという証拠がすぐに出てくると、アリントンは感じているのかもしれない。だから前もって別な方向に我々を導こうとしているのか」

「それこそ荒唐無稽な話だ。いよいよあの男は隔離しておかんと。そこで」プライドが期待を込めるように言った。「かかりつけの医者に診てもらえと、あの男に言ってやれんものでしょうかね」

「無理でしょう」この晩初めてアプルビイは楽しい気分になった。「本人はまともには受け取りませんよ」

「ふむ。それから、妙な名前の男の一件もある――ノックアバウトか」

「ノックダウン」

「そうそう。レオフランク・ノックダウン。アリントンは、こちらの一件について聞いたら、別の妄想に取りつかれるでしょうね」

「ん、『聞いたら』？」アプルビイはどきっとした。「だがすでに一部始終を知っていますよ」

「あ、そうだ、言い忘れていたことがありました」

二人はテラスに立っている。下に見える庭の端に一台のトラックが停まっており、数人の男が大天幕をたたんで荷台に積んでいる。あれは残業だ。一刻も早く祝典がおこなわれた形跡を消し去ろうというわけだ。ソン・エ・リュミエールのときも同じだったと、アプルビイはふと思った。そういえばソン・エ・リュミエールのことをすっかり忘れていた。だが先ほどからのやりとりのなかで、プライドの口からノックダウンに関する謎めいた言葉が出たため、また意識がそちらに向いた。

「この件では我々の先を行かれましたね」プライドが言葉を継いだ。「いや、感謝しているんです。どうか誤解なきよう。わたしの部下もその後の捜査ではがんばりました。うちの妻がもう祝典にあきたと言った――無理もないが――ので、二人で帰宅すると伝言が届いていました。ノックダウンという男は悪党ですよ。いや、だったか」

「我が友人グッドコールくんはその事実を知らなかった。ノックダウンのことを知恵遅れだったと思っているようだ」

「たしかに左巻きでした。医学用語でいう精神病質者で。いずれにしろ悪党です。凶悪犯でしたよ。地元警察があまりお目にかからないほどの」

「でしょうな。ノックダウンはこの地域ではなじみのない存在だったらしいが」

「ええ。ご指摘どおりクラムツリーという連中のところに下宿していました。多少のお手当てで暮らしていたらしい。週に一度ポットンの郵便局で為替を換金していた。まずまず立派な親類がいます。むろん紳士階級の人間じゃないが。羽振りのよい商人か何かです。故人を一族の厄介者として遠ざけていたわけだ。たとえ金がかかろうとも。今ではよくある例だそうです、あの階級であっても。かつて一族のろくでなしをオーストラリアに追い払っていたのと同じですね」

「わたしのオーストラリアの親族はそのたぐいとは違いますぞ」

「言葉の綾《ユンヌ・ファソン・ド・パルレ》ですよ、アプルビイさん」プライドはいったん口を閉じた。しゃれた言い回しを使いこなせた満足感を味わうかのように。「あまりほめられた措置じゃない。いや、このぼんやり頭のノックダウンに関しては。一族の邪魔者だからと切り捨て、いくばくかの金を与えて、あとは知らん顔だ。本人は定職を持たず、あちこちで臨時雇いの仕事をしていたようです。いわゆる〝社会が悪い〟というところかな」プライドはまた口を閉じた。今度は相手に自分の所見の寛大ぶりを印象づけるために。「だがまあ事実自体は否定できない。名前も名前なら性質もノックダウンだ」

「というと――?」アプルビイはこの思わせぶりな言葉に惹きつけられた。

「暴力癖があった。小さな前科がいくつか見つかりました。また悪い仲間に加わって卑劣な犯行――ハイジャックらしい――に走っています。死者も出た。ノックダウンは無罪となったが、善良なる親族には決定的に見放された。よくぞアメリカへでも放逐されずにすんだものだ。あっちにいるほうが本人の性に合っていただろうに。とにかくまあ場違いにもこんな静かな土地にいたわけです」

「あの男は電気の分野に興味を持っていた」

「アメリカ人なら電気椅子に座らせてくれたでしょう。ともあれ似たような結果となったわけだが」プライドは顔をしかめた。「死んだ人間を冗談の種にしちゃいかんか。我らが社会主義社会（一九六八年当時はウィルソン率いる労働党が政権与党）の犠牲者というわけですかね」

アプルビイは相手の見解を重く受け止めた。何事も軽く考えられぬ性分だから。プライドからもたらされた新たな情報に、わずかながら動揺した。

「わたしの言いたいことはおわかりでしょ」プライドは迫るように話し続けた。「アリントンは当然そのうちこの事実を知るでしょう。するとさらに妄想をたくましゅうするはずだ。ノックダウンを国際的な陰謀とやらに加担する悪名高い犯罪者だと思い込むだろう。パラプリージア《対麻痺》の患者に仕立てそうだ」

「パラノイア《偏執症》のことかな」

「そんなところです。四六時中あれこれ思い巡らしているわけで。こういう大きな屋敷の所有者には珍しくない困った性癖ですよ」

　パラノイアは地主階級においては強く難じられてしかるべきだとの見解に、アプルビイは異議を唱えなかった。

「しかし、新たにわかった事柄をもとにして考えると、ノックダウンはただ電気に興味を抱いたせいで命を失ったわけでもなさそうだ。いい金になりそうな電気器具を持ち逃げしようとしていたのだろう。それだけの話ですよ」

「妥当な見方です」プライドが応じた。「ただ、ご自身がそう確信しているようには聞こえませんが」

「そうですかな」アプルビイははっとした。プライドの鋭い一面に触れた思いだ。「ほかの可能性は見えてこないが」

「というより、ほかの可能性を探ろうという気になってこられたのでは？」

「仰せのとおりかもしれません」

「わたしにできることなら喜んで力をお貸ししますよ」少し堅苦しい言い方をしてしまったかなと警察本部長は感じたようだ。「頼りにしてください」口調を和らげて付け加えた。「実のところ、わたしも落ち着きませんでね、アプルビイさん。この敷地の雰囲気がどうも気に入らない。ウィルフレッド・オズボーン氏が所有していたころとは大違いだ」

# 14

オズボーンはレスブリッジ夫妻となごやかに話していた。若いころテニス選手として郡の小さい大会によく出ていた経歴のおかげで、夫妻にはすんなり近づけた。今はこの年の全英大会《ウィンブルドン》に関する見通しを語っているところだ。相手が話の要点をしっかりつかめるよう律儀に何度も間を空けている。近親者の死に直面した場合も、当たり障りのない会話をすることが社交上の務めだと信じる者にとって当然たるべき、抑えた口調でやりとりは交わされた。むろんだからとて終始レスブリッジ夫人が穏やかに話していたわけではない。夫人のはた迷惑な笑いは単なる無意識の反応なので、葬式の席でも一度ならず響き渡ることだろう。オズボーンは笑いのやむのを待ってから噛んで含めるように話を続けた。いかにもさりげなく、かつていねいに相手と接しようとするようすがうかがえるので、この御仁、内心では「早くおれを解放してくれ」と叫んでいるのだなと、アプルビイは同情したくなった。

実際すぐにでも解放してやらねば。二人して早く脱出せねば。オーウェン・アリントンがどうしてもこの場をお開きにしたがらぬようだからと、ほかの者も悲惨な事故現場のそばにぐずぐず留まっているのは、なんとも馬鹿らしく耐えがたいことだった。開廊の一方の端に、無口なエンツォ――この男がどんな英語を話すのか（話せるとして）、アプルビイはまだ聞いたこともなかった――が、お客さまにお出しするよう命じられたサンドイッチをお持ちしたのですが、といいたげな顔で立っている。

サンドイッチなんぞけしからんとアプルビイは思った。差し出された一つ目で、のどを詰まらせてしまうだろう。なぜアリントンがこんな接待をするのかもよくわからない。前もって来ることがわかっていた顔ぶれは別として、一族の者がみな集まっているわけではない。オーウェンもそれが気になるようだ。例の妙な疑いも頭から消えていない。その結果、楽しくもない半ば私的な芝居じみた会が催されたというわけだ。料理も手抜きが目立つが、参加者は文句も言わず、余興の合間に湿った芝生を歩きながらバン（甘みのついた小さな丸いパン）をもぐもぐ食べたり、生ぬるい飲み物をストローで吸ったりしている。

こんなことを考えて不快な気分に陥りながらアプルビイはジュディスを探した。だが愛妻は、例によってというべきか、いつのまにか姿を消していた。たぶん庭師と二人でどこかへ行ったのだろう。あるいは目立たぬ部屋のすみに引っ込んで、記憶を頼りにエンツォの似顔でも描いているのか。ならば自分には今のところ別にやることもない。せいぜい今までに遭遇した事実について少し考えてみる程度だ。

ダブロン金貨（かつてのスペインやスペイン語圏の金貨）、ペソ銀貨。『宝島』をはじめ玉石混交の冒険物語ではあるまいし、土中や海中に多量の財宝がひそんでいるなど、現実離れしている。なるほどそういうものも、あるいは過去には、いつの日か古跡となる場所に人知れず存在していたのかもしれない。そうして、海賊《バイキング》や青銅器時代の文化に興味のある人々に発見してもらえるのかもしれない。しかしながら、現代《モダンタイムズ》に――そこに一七世紀の歴史もからんでくるが――どこかへ〝しまい込まれた〟代物に関していえば、舞台となる〝島〟がきちんとしすぎていて、もはや隠し場所には適さない。チャールズ一世のために集められた金塊を、造園家レプトンがアリントン邸からそっと持ち逃げしたのだ、というジュディスの想像もそれなりには筋が通っている。教養あるトラヴィスくんの主張に反して、池に投げ込まれた代物（実際に投げ込まれたとして）はいずれ日の目を見るのではないか。アプルビイにはそう感じられた。

いずれ、か。アプルビイはここで立ち止まった。財宝とやらが発見された時期をジュディスは一九世紀初頭だと言い張っていた。現物はいまだ原位置《イン・シトゥ》にあるか、ないしはとっくの昔に盗まれたか、どうしてもそのどちらかだという気がする。なるほどもはや池にはない可能性も高いが、先週まで、または数カ月前まで、または数年前まではあったとしてもおかしくない。

アプルビイはすでに庭に出ており、まわりの誰にもわずらわされぬことの喜びを味わっていた。アリントン家の財宝の話などくだらんじゃないか、もうこだわるのはやめにしようと思いかけた。だがあの一族にまつわる問題をすべて無視するのはよくない。たとえばトリストラムとホープの仲はもう少し探ってもよさそうだ。

ホープは利口ながらかなり不道徳な女かもしれない。トラヴィスはさらに複雑な男だ。並外れて有能なのだろう――同時に当初から妙に〝はぐれ者〟らしくふるまっている。周囲の人間に対しては、いやいやながら――といっても下手な道化役者並みにわざとらしさが見て取れる程度に――まだ完成してもいない計画を放棄したいというふうを装っている。マーティン・アリントンの死亡――しかも現場が問題だ――によって、計画が〝ヤバくなった〟（と犯罪者ならいいそうだ）ので、中断せざるをえないわけだ。この一件は以上のように片づけられていた――しかも、情け深い退職警察官サー・ジョン・アプルビイなら、失敗に帰した謀反（本気で実行していたら立派な犯罪だ）を忘れてくれるだろうという含みを持たせて。それ自体は妥当な見方だった。もし財宝が池に沈んでいるなら、合法的に発見すべく手段を講じるのはアプルビイの責務だと、トラヴィスはそう理解をしていたかに見える。少なくとも一人で持ち逃げするつもりはないのかもしれない。しかし、あの男とホープが、単なる冗談としか見ていない事柄にわずらわされたりはすまい。ふむ、当然の話だ。それにしても、実はトラヴィスがもっと賢いやつだとしたら？　もしこのしたたかな若い二人が、すでに財宝を見つけて、ほかの場所に移していたら？

いずれにしろ、おれの出る幕じゃないとアプルビイは思い込もうとした。財宝をめぐる眉唾ものの話が、なんとも扱いづらい二件の災難にからまなければ、自分としてはきれいさっぱり忘れたいのだが。元々アリントン一族の内部事情には関心もなかった。

とはいえ、こんな心境（高等法院の判事に知られたら譴責処分はまぬがれまい）にありながら、手をこまねいてもいられまいとアプルビイは感じた。財宝にまつわる推定事実が記されているという文書について、トラヴィスからじっくり話を聞く――そんな権限はないのだが――べきだった。付随した事実もある――水流の方向の変化、ダムの決壊、無謀とも思える計画、実現しなかった逢引。本当に価値のある文書を今日まで誰も手をつけずにいたということなど、ありうるだろうか。なるほどトラヴィスは、専門知識を持つ記録保管係として、誰よりも早くアリントン一族にまつわる文書に目をつけた。だが作成後せいぜい三〇〇年余りしか経っていない記録なら、一応の教育を受けたどの人間も手に入れる可能性がある。若者固有の楽天的な物の見方が影響して、ホープとその恋人が少しばかり自制心を失ったとは考えられまいか。あるいはたまたまトラヴィスが目にした資料を、別の誰かがもっと早く目にしていたことはありえまいか。そうしてなんらかの反応をした可能性は？　法律用語でいう埋蔵物の所有権を決めるのは常に難題だ。現況ではやたら騒ぎ立てぬほうがみなのためだ。つまり法律を無視することもいとわぬ者なら、誰でも財宝を独り占めして、こっそりと、時間をかけて、現在の貨幣に変えるとしてもなんら不思議でない。だから元の書類を破棄してもおそらく無駄だろう。その後に文書を発見してもなんら影響はあるまい。ただし今のところ、持ち去られれば妙な空白が生じるような状況に文書は置かれているかもしれない。

アリントン一族とオズボーン一族。アリントン一族とオズボーン一族――そしてまたアリントン一族の一人。オズボーン一族の一人がアリントン一族の諸々の記録文書を集めた――オズボーン一族の一人、すなわちウィルフレッドが、快くその文書を屋敷ごとオーウェン・アリントンに引き継がせた。次にオーウェンが、うるさいうえにおもしろくもない催しを開く目的で、トリストラムに敷地への自由な立ち入りを認めた。財宝をすでに不正な手段で手中におさめている者なら、そんな許可を与えたりはすまい。それにしても、もし実際に財宝を独占しているなら、よくぞあそこまで何食わぬ顔ができるものだ！

アプルビイはここではたと立ち止まった。オーウェン・アリントンは、なるほどすぐれた科学者ながら、いきなり大金持ちになっているではないか。

だがこの点は関係なさそうだ。今の広大な屋敷を手に入れる前に、アリントンは一財産を築いていたと考えるべきだろう。当主になる前に財宝の存在を知っていたことなどありえようか。あるいは、自身の家系に関する確かな知識を得た結果、なんとしてもアリントン・パークを手中にすべく全財産を投入し、次いですぐさま池に〝釣り糸を垂らして〟失ったものを取り戻さんとしたのだろうか。綿密な捜査をしないことには解答は出せまい。その捜査の権限がアプルビイにはないけれど。

ところがなんとも皮肉ながら、アリントンからそれとなく捜査責任者への就任を要請されるに至った。むろんアプルビイが探るのは、財宝とは無関係な事柄、すなわちマーティンの死の物騒な背景だ。もっとも考えてみればまるで無関係でもない。双方のあいだには細いつながりがある。財宝が沈んでいる――沈んでいた？――場所で、マーティンは溺れ死んだのだ。このつながりもアプルビイが立てうる仮説にもとづけば無意味になる。単なる偶然から生まれた事態と考えざるをえない。ただし、警察官として過ごした長い日々を通じて、偶然と思われる出来事に接した際、アプルビイはそのまま鵜呑みにはしないよう自らを律してはきたが。

それはともかく別の偶然も起きた。アリントン・パークや周辺の田舎は、プライド大佐でさえ認めているほど平穏な場所だ。本来なら謎めいた出来事とはほぼ無縁だといえる。しかしながら、マーティン・アリントンが、不可解としか形容しようのない一件に巻き込まれたのと同じ日――いや、おそらくは同じ時間帯――に、一人の男がどうにも妙なかたちで死んだのだ。ノックダウンという変わった名を持つその男は、かつて暴力事件を起こした前科者だった。いちおうこれも偶然として考えねばならない。

「ジョン、我々としては退散する時分だろうかね」ウィルフレッドがアプルビイのかたわらに立っていた。「なぜかしばらく行方をくらましていたジュディスは、我らが友ジョージ・バーフォード氏と一緒にいる。両者は一七番ホールのグリーン付近に達したらしい。二人で奥方の救出に乗り出そうか？」

「それがよさそうだな」

「そのあとでここを退散しよう。まあたしかに、自分の跡継ぎに決めた甥っ子をあんなふうに亡くした接待役の気まぐれには、こちらも多少は付き合わなきゃならんだろうよ。だがそれにも限度がある。

なにもつまらん食い物を胃に押し込むために、ぐずぐず時を過ごすまでもない」

「サンドイッチの話か」

「そのとおり。あんなものはいらん。『ハムレット』に似たような台詞があったな」オズボーンは思い出そうと立ち止まった。「あれは見事な戯曲だ。しかし、ああ、どんな食い物だったかな」

「葬式用の温かな焼肉《フューネラル・ベイクト・ミーツ》（第一幕第二場でのハムレットの台詞）じゃないかな」アプルビイは愛妻の救出に向かうべく歩きだした。「ところできみ、オーウェン・アリントンがひと財産を築いた経緯《いきさつ》を教えてくれないか。ただの科学者がそう簡単に得られる額の金じゃない」

「あれはただの科学者じゃない。山っ気もある。事業に手を染めている」

「じゃ物理の世界からは身を引いたわけか」

「いや、違う——そうじゃない。そりゃ、わたしも物理は門外漢だが。想像するところ、あの男はかなり高いレベルで自分の研究を生かしたんだな。実業界は無尽蔵の資金源となりうるだろ」

「そうだな。無尽蔵かどうかはともかく」アプルビイは自信なさげに答えた。「だがそのおかげでアリントン・パークが買えたのか」

「たぶん。あの男があそこを手に入れるためにいくら注ぎ込んだか教えようか」オズボーンは教えてやった。「とてつもない額さ、わたしからすれば。しかも様々な借金や抵当の問題を解決したうえでの話だ。だがそれぐらいの儲けは可能だろう、もし市場で最高値がつくほどの売り物を持っていれば」

「可能ではあるだろうな——わたしとしては腑に落ちないが」アプルビイはぴたりと足を止めた。

「しかし、アリントンにはそんな売り物を抱え込んでおけたはずがない！　なぜこの点に気づかなかったんだろう」

「だって抱え込んではいなかったよ」オズボーンは楽しそうに笑った。「大半をわたしに売り払った。わたしは必要経費の支払いをすませた残りのもので暮らしている」

「そういう話をしているんじゃない」アプルビイはジュディスのことを忘れていた。愛妻はきっと今、一八番ホールのグリーン上で、バーフォードから試合を決めるパットに関する講釈を聞かされているのだろう。「きみ、まだ付加税（一定額を超える所得に課せられる累進税）を払っているのか」

「とんでもない！　今までも払っていないよ――ポンドごとに二ペンスかかったころでも。わたしの場合はな、ジョン、敷地を維持していたころには、二、三千ポンドと自分自身の小遣い程度の金を手にして年末を迎えられたら、運がいいと思ったものだ。しかし今の時代は――」

「たぶんアリントンは借りた金で、いくらか好きなこともできたのだろう。とはいえ、大した財源もなく学者生活とやらを続けていた人間が、いきなり大金を手にした結果、この敷地を買収できるほどの身分に成り上がったと聞かされても、わたしとしては釈然としないがね。税務当局がそれを許すはずがない。プライドいうところの〝我らが社会主義社会〟では起こりえん話だ。遺産でも相続しない限り――」

「ノーベル賞の賞金とか――そのたぐいのものはどうなんだ」

「かなり役立つだろうな」まるで事情通であるかのような相手の問いに内心アプルビイはどきっとした。「しかしアリントンは今までそういう賞とは無縁だ。やはり遺産でも相続しないことには――あるいは変則的な手段で大金を得たか」

「いわゆる〝ちょろまかし〟ってやつか」ウィルフレッドは目を丸くした。「だからって大蔵省かどこかがわたしから取り上げようとはしないよな」

「それはないだろう」アプルビイは思わず笑った。と、そのとき、ある考えが浮かんだ。「そうだ、もう一つ聞きたいことがある。アリントンはここを買収したとき、実際に所有する前に全額の支払いをすませたのかな」

「そりゃもう！　うちの代理人たちが処理してくれた。できる連中でね。わたしは昔から何かあると相談している。ほんとに頼りになるんだ。ロンドンのがめつい弁護士どもとは大違いさ。その件も一任してあるから、支払方法がどうだったかわたしは知らない。だがとにかくアリントンはすべて払い込んでから屋敷に移ってきたよ。その前に点検しにきたり、客として訪れたりしたことはあったが」

「さ、急ごうか。でないとジュディスはレスブリッジに引き渡されそうだ」

「それは許せんな」オズボーンはほのかな悪意を含んだ笑みをもらした。「レスブリッジとはわたしも話をした。あれは一族の誰より退屈な男だ。おまけに奥方が神経を逆なでするような騒音を立てる。笑い声らしいが。自分の女房なら家畜小屋に押し込んでおくところだ」

「ずいぶん厳しい言い方だな」

「そうさ」オズボーンは心から憤っているようだ。「なあ、ジョン、この屋敷には変な現象を生む何物かがきっと潜んでいるよ。早々に退散しよう」

## 15

アリントン・パークに在宅の際にはオーウェンが必ず——軽度の誇大妄想に陥ったせいか——掲げていた旗が、何者かに下ろされた。翌日にはまた半旗の位置まで上げられるのだろうかとアプルビイは思った。

「おかしいわねえ」近づいてきたジュディスが言った。「誰もマーティンに好意を持っていないらしいの。でも——」

「伯父さんはかわいがっていたらしいよ」ウィルフレッド・オズボーンが口をはさんだ。「自分の愛着ある屋敷を気前よくあげるつもりだったから」

「きみ、おもしろくなさそうだな」妻に代わって応じたアプルビイは屋敷の前所有者の顔を探るように見た。

「まさか大賛成だと思っていたわけじゃあるまいな、ジョンくんよ。そりゃ、お涙頂戴ものみたいには受け取れんよ。そいつは無理だな」

「お涙頂戴もの?」ジュディスがたずねた。

「ふむ、要するに、代々の後継者がぽっくり逝くとか、そういうのを願うってやつだ」持ち前の悪びれぬようすでオズボーンはこんな妙なことを口にした。「しかしまあ、オーウェンは甥っ子を目に入れても痛くないほど猫かわいがりしていたようだが」

「そのようね。少なくとも外からはそう見えた」ジュディスは戸惑っているようすだ。「でも、どうかしらねえ。アリントンさんは動揺しているわ。とても感情的になっているけれど、その感情は悲しみとはちょっと違う気もする」

三人は停めてある車に向かっている。アプルビイはジュディスの言葉を黙って受け止めた。今のような事態に直面したとき、妻がいい加減な発言をする人間でないことはむろん承知している。

「ほかの人たちも」ジュディスが言葉を継いだ。「マーティンのことをしつけの悪い犬みたいに思っているの。自分たちだって、体裁ぶってふつうのちゃんとした食事の席につこうとしないくせに」

「だからエンツォがしゃかりきになってサンドイッチを作っているわけか」夫が応じた。

「いいえ、エンツォは監督しているだけ。ほかに召使いがたくさんいるのよ、表には出てこないけれど。やっぱり大半はイタリア人でね。でもみんな通いなの」

アプルビイがオズボーンに顔を向けた。「ジュディスは他人の家庭の在り方に対するあくことなき探求者なんだ。理由は不明だがね。学ぶ事柄なんかないはずなのに」

「ドリーム荘を少しでも知る者ならそう思うね」オズボーンもうなずいた。「つまり純粋にして私心なき知識欲の表れだ。でもジュディス、なぜそんなことまで知っているのかな」

「ふふ、配膳室でエンツォと話をしたからよ。あの人、昇進できるのを今か今かと待っているの。ご主人さまがイギリス人の執事を首にしたから。楽しそうにいろいろしゃべってくれたわ」

「エンツォが?」アプルビイが言った。「むっつりした男に見えるが」

「英語がほとんど話せないからね。こちらが少しでもイタリア語を使ってあげると喜ぶわよ。レスブリッジご夫妻やバーフォードご夫妻とはあまり馬が合いそうじゃないわ」

「そりゃそうさ」夫もあっさり同意した。「あいつはどこの出身だろう」

「ペスコカラッショよ、アブルッツィ（イタリア中部の州）の端にある。ずいぶん住みづらいところなの。エンツォったら、その土地のことをわたしが詳しいとわかったら感激していたわ」

「だろうな。で、きみはモデルになってもらうことで話をつけたんだろうね」

「ええ――当然よ。わたしがデッサンを描くときには、午後の休みになったら真っ先に来てくれることになったの」

「なるほどね」アプルビイは車のドアに手をかけて妻を見つめた。「向こうは何か興味深いことを言っていたかな」

「ほどほどにね。わたし、昔からイタリア人の話を聞くのが好きなの。でもそれをここで披露したって、あなたは退屈するだけでしょ」

夫は無言のまま車に乗り込んだ。妻たちもあとに続いた。まぎれもなく、ジュディスの最後の一言は夫婦間の合言葉だった。つまりウィルフレッドにも聞かせたくない話があるのよと、妻は夫に伝えたのだ。


帰りはアプルビイがハンドルを握り、オズボーンが助手席に座った。左手に目を向けると、夕日を受ける悲惨な事故現場がなんの変哲もない場所のように見えた。

オズボーンがアプルビイに顔を向けながら口を開いた。「きみは気づいたかな、池のこちら側からだと、この私道がもっと長く感じられるだろ」当たり障りのない話題をことさら取り上げたような口ぶりだ。「レプトンの時代にはいわゆる箔をつけることが好まれたんだ。つまり、何にもまして自分の所有物を実際よりも少し大きく見せようとしたわけだよ。実際には、ここから門まではさほど長くない。大声を出せば聞こえる距離だ」

「もう少しある感じね」ジュディスが後ろから声をかけた。「実際はともかく、目の錯覚で距離が違って見えるから。私道を目でたどっていくと、池の輪郭もたどることになるわ。このあたりより向こうに行くに従って池は狭くなっているから、距離が延びたように思えるのよ。それを見て私道も人の錯覚を誘うようレプトンは工夫したのね。もう一方の端は三フィート（一メートル足らず）狭いから」

「賢い手だな」アプルビイが言った。「だがおかげで車に乗っている場合、門の近くで急カーブを切らなきゃならなくなった。するとどんな結果が起きるか。もしレプトンがあまり賢い手を使う男でなかったら、マーティンが死ぬ可能性も低くなっていたわけだ」

「すべての道はマーティンに通ず（「すべての道はローマに通ず」のもじり。手段は様々あれど目的は同一ということ）でなければいいけれど」

「そう願いたいね」アプルビイはいらつき気味だ。「あの男の死を謎《ミステリ》めかして語るのはもうあきた。妙な話だが、あれは謎ではないし、謎ではないことがわたしにはわかるような気がする」

「そいつはほんとに妙な話だ！」オズボーンが応じた。「どういう意味なのかよくわからんよ。謎めいているといえば、マーティンが門の近くで判断を大きく誤り、池に飛び込むはめになったと思われる点だ。ハンドル操作をしくじった点はみんなも話題にしている。だがマーティンはそこまでずっと無難に運転していた。最後の八〇フィート余り（二五〜三〇メートル）で悲劇は起きたわけだ」

「まさしく。そうして腹立たしくも、わたしには理由がわかる気がしてならない。しかもそのことをオーウェン・アリントンに伝えれば、あの男も甥っ子は殺されたと騒がなくなるかもしれん。実際はわからんがね。これがどんな点に関係するかといえば――」アプルビイは言葉を切った。「お出ましだな」

私道の端に二台のパトカーが停まり、なかから五、六人の私服刑事や制服警官が吐き出された。小道具もどっさりと。路上には三台目が停まっており、かたわらにはカメラを持った二、三人の男が何かを待ちかねているように立っている。

「記者連中だ」アプルビイが言った。「しかし勝手に近づけちゃいかんな、プライドの部下が現場の撮影を終えないうちは。むろん測定もだ。撮影より測定のほうがずっと重要だ。もう刑事たちが取りかかっている。距離や方向を確認しないと。それにしても車や人の往来を考えると、地面の状態を調べても何もならんだろう」

「あの長くて白い門、まだ中途半端に開いているぞ」オズボーンが言った。「なんだか放り出されて人間にちょっかいを出されている感じだ。みな一種の帽子掛けとして使っている」

そのとおりだった。あたりは暗いが空気はまだ暖かい。お役御免となったなったらしい帽子やヘルメットや上着が門にかかっており、犬のラセラスに点検されていた。が、どうも気に入ってもらえぬようだ。

「いい犬だな、あれは」オズボーンが言った。「毛並みがいい。あの短くて横に張った頭のかたちを見ればわかる。しつけもいい。どこで手に入れたかアリントンに聞かないと」

こんな賛辞をアプルビイ夫妻は黙って聞いた。だが妻はともかく、夫は刑事たちの作業にもっと注意を向けていた。どこかぼんやりしたようすで道路へ顔を向けたのも、このせいかもしれない。

「右よ、ジョン、何してるの――左じゃないわ」後部座席から妻が声をかけた。しかし手遅れだった。

車は池に流れ込む川にかかる橋の途中まで来ていた。

「すまん」夫が言った。「でも心配ない。たぶんいけそう――」語尾が消えていった。車がいきなり停まった。「そうか、なんてまぬけなんだ、おれは！　変な死に方をした二人の男のことばかり考えていた。白い門も二つあったのか」


第二の白い門――開け放たれていた――は、第一の門と同じ側の路上にあった。橋のわずか二〇フィート（約六メートル）向こうの地点だ。三人は車から降りて門を見つめた。門も三人を見返している――あっけらかんと、自明の理のように。三人はなかに入った。池がすぐ目の前、ほんの三フィート（一メートル足らず）のところまで来ている。小道――としかいいようがない――が急に右へ折れていて、八〇フィート余り（二五～三〇メートル）先に見える一群の農場用建物のほうへ続いている。

「今まで何度も車で通り過ぎたことがある」アプルビイが言った。「馬鹿げた謎の解答はもちろんわたしの頭のなかにあったはずだ。ウィルフレッド、なぜ早く言ってくれなかったんだ」

「言う？　なんの話だ」

「おいおい――わからんのか。今日の午後に我々が来た方向から、自分がアリントン邸に近づいているようすを想像してほしい。まわりは暗いんだ。きみにはなじみの場面だろ。きみは私道の目印になっている白い門を探している。残念ながら門は見あたらない。移動しているからだ」

「わからんな、いったい――」

「つまり、近づいている第一の白い門は本来の目印ではない。きみは門を開けてさっとなかに入る。目の前には私道がまっすぐ屋敷まで延びているはずだ。が、実際に存在するのは――池のいちばん深い場所だった。二つの門は互いにすぐそばにあるので、ここへ直進してくる車は、私道から斜めに走ってくる車とほぼ同じところに飛び込むわけだ。しごく単純な話だよ。まあマーティンが少し酔っていた可能性は捨て切れんが。たとえまったくのしらふでも同じことが起きた恐れはある」

車内はしんとなった。ウィルフレッドはひたいを手で拭った。頭がぼうっとしているようにも見える。やがてゆっくり話しだした。「ふむ、ありうる。以前にも一度あったし。うかつだったな、今まで忘れていたよ」

「それはどんな経緯《いきさつ》で起きたんだね」

「今の場合と少し違う。屋敷まで私道を走っていたわけじゃない。ある自作農場で朝から続けていた干し草作りがようやく終わったときだった。当事者たちは月明かりを頼りに干し草を運び込んでいたと。で、一人の男が大型の荷車に乗ってきたんだが、居眠りしていたのだろう」

「馬が車を引いていたの？」ジュディスがたずねた。

「うむ、この地域じゃまだ馬を使っていた。まわりの連中も寝ていたのかな。なにしろ荷車ごと池にはまったんだから。しかし悲劇は起きなかった。荷車は水に浮いたからね。当時のわたしの優秀な使用人二人がどうにか引き綱を切って馬を助けた。わたしは支柱と横木を使って柵を立てたんだが、それは昔の話だ。ほら、今はなくなっているだろ」

「このまま端まで行ってみたほうがいいんじゃない？」ジュディスが言った。「道に沿ってね、もちろん」

「そうだな」夫が応じた。「しかし証拠と呼べそうな目印があるかどうか。パンを焼き固めたように地面がかちかちだから。道端にはいわば〝パンくず〟も残っているだろう。その原因は無限に考えられる。マーティンの車のタイヤ跡などを見つけるのは難しいだろうな」

「じゃ、今の話はあくまで起きたことの推測の域を出ないわけ?」

「そんなところだな——車が池の底に沈んでいった方向が確認できて、証拠として採用できれば別だがね」アプルビイはいささか驚いたように妻を見やった。「事件なのか事故なのか。きみが事件だと思いたければ、それはそれでいい。ともかくわたしとしては、自分が正しいと思い込まないでおくよ」いったん言葉を切った。「問題はこれからどうすればいいか、だ」

「家に帰ってお食事するのよ」妻が言った。

「嬉しいお答えだね。でもいったんアリントン邸に戻って説明しないといかんかな」

「そんなの変よ。一度は戻ったじゃないの。わたしは反対。こんなてんやわんやの一日を過ごして、ウィルフレッドもお疲れでしょうよ。何はともあれお宅までお送りしましょ」

「うむ。だが私道にいるプライドの部下たちに一刻も早く知らせんと。かすかな痕跡でも見つけるつもりなら、今すぐ探し始めなきゃいかん。これから歩いていって話してくるよ」

「わかったわ。あの人たちにとっては、やっぱりあなたは無視できないお方よね。ウィルフレッドと二人で待っているから」

「よろしい。これでマーティン・アリントンの死をめぐるどたばた騒ぎも幕切れになるだろう。ぜったいだ」

「だといいけれど」ジュディスが言った。

# 16

アプルビイは電話の受話器を置いて朝食用テーブルに向き直った。

「この地方にはてきぱき仕事をおこなう組織があるんだな」満足げに言った。「数名の警察官が夜を徹してがんばってくれたらしい。しかも結果が判明次第わたしに知らせるようにと、プライドから指示が出ているそうだ」

「ジョン、あなた、トミー・プライドに好意を持ち始めたようね。あの人あなたにそっくりよ。もちろん頭の中味は別だけど」

「服装が似ていることは昨日わかったよ」アプルビイはわざとまじめくさった顔をした。「とにかく当局はずいぶん強気だよ。おとといの真夜中過ぎに一人あの世へ行ったわけだ。マーティンのことだが。だが実はノックダウンも同じ時間帯に死んだと当局は見ている」

「あなたがアリントン・パークを出る前にノックダウンは死んだのよね。第一発見者はあなた自身でしょ」ジュディスは自分のカップに二杯目のコーヒーを注いだ。「マーティンが死んだのも同じころみたいね」

「そうだ。もう少し早く屋敷を出ていたらマーティンと遭遇していたかな。あ、無理か。わたしはもう一方の私道から出てきたから。入ったときと同じくな。あの男は酒を飲んでいたらしい。どれほど酔っていたかは不明だそうだが」

「ノックダウンのほうは？」

「うむ、やはり少し酒が入っていたとさ」

「あなたもね。それにオーウェンも。誰もが酒瓶を手にするころだったから」

「遺憾ながらそのとおりだ」アプルビイは食事を再開した。「ところで」しばらくして妻に話しかけた。「ひと晩寝ながらって？」

「ひと晩寝ながら考えたのか？」

「鈍いな。軽はずみなことは言えないそうじゃないか。だから朝までじっくり考えたんだろ。その朝が来たんだ」

「だけどあなた、何も議論することはないわ。マーティンの死にまつわる謎はもう謎じゃないんだから。サー・ジョン・アプルビイの名推理で、二頭の馬と一台の干し草用の荷車に降りかかった災難だという結論が出たでしょ」

「まず、使用人エンツォに関して何か秘められた事情があった。きみはウィルフレッドの前では口をつぐんでいたな。どんな内容なんだ」

「ウィルフレッドには、あまり余計なことを考えないよう、こちらが気を使ってあげないと。あれはこうなの。あなた、アリントンさんと食事したことや、そのあとのことを詳しく話してくれたわよね。うまく退散しそこねたって。で、食後の一杯をやる段になって、氷がないってアリントンさんが怒ったんでしょ。あの方、かたちだけでもエンツォを呼び出そうとした？」

「実際に呼び鈴を押したぞ」アプルビイは妻を見すえた。「でもエンツォは来なかった。もう寝ているんだろうと我々は思った。わたしもとがめなかったよ。夜も更けていたから」

「エンツォは屋敷にいなかったの。コーヒーを出し終わったら自由にしていいって、ご主人に言われていてから外出したのよ。それでさっそくお相手の女の子を見つけたの。寝室にいるところを男性から口笛で誘い出されたら、平気で野原へでもついていくお尻の軽い子をね」

「ジュディス、きみはまったく目ざとい人間だな。わずか三〇分のあいだにそこまで——おまけに呼ばれもしなかった食器室にいて。いずれにしろ、エンツォが異性関係にだらしない男であるのはわかった。あいつがきみのアトリエで裸になるのを許すわけにはいかんな」

「裸にはならないわ。それにエンツォがうちへ来たにせよ、居間から奥へ行かせるつもりはないし。だいいち格好がよすぎるから、わたしとしては彫刻にしづらいの。本人のお似合いの場所はバーリントンハウス（ロンドンのピカデリーにある建物。旧館に王立美術院がある）ぐらいなものでしょ」

「わかった、わかった」妻のあきれたモデル解雇の弁をアプルビイは落ち着いて受け止めた。「話を戻すと、アリントンはエンツォに外出を許したことを単に忘れていただけだろう」

「そうでしょうよ。あの方はたくさん飲んでらしたの？」

「かなりね。わたしもずいぶん飲んだが。でも互いに酔ってはいなかった。我々ぐらいの年齢の者同士が食事をともにした場合は、たいていしらふでいられるものだ。警察官の目にはそう映らん場合もあろうが」

「あなた、アリントン・パークに行ったのは今回が初めてでしょ」

「うむ、もちろん。きみも知ってのとおり、オーウェン・アリントンとは今まで何度かちょっとした席で会ったことはあるが。電話がかかってきたとき、向こうはきみにも来てくれと言っていたんだ。

どうやら前もって我々夫婦と約束を取りつけておこうと思ったようだ。妻はまだ不在だと伝えると、わたし一人でも食事に来てほしいという話になった。行ってみたら、先方としては段取りがいささか悪くてね、こんなかたちばかりの招待になってしまって申し訳ない、またいつかご夫婦でおいでいただく機会を持ちたいと言っていたよ。几帳面な性格の男なのかな。実際ばたばたしていたが」

「屋敷までの道順は教えてくれたの？」

「教えてくれた。余計な心配だとも思ったがね。礼を尽くしたい気持ちの表れだったのだろう」

「表通りから来るように言われたのね、池のそばを通るんじゃなくて」

「そうだ」アプルビイはカップを置いた。「ジュディス、いったい何が言いたいんだ」

「何が言いたいんだか、おわかりのくせに」

「うむ、わかっている。きみはまだアリントンを殺人狂に仕立てたいんだろ」

「べつに狂人とは思わないわよ」ジュディスはたばこに火をつけた。「でもわたし、やっぱり白い門のことが気になるの。ふだんから表通りじゃなくて池のそばの私道を行き来しているなら、ふつうの人より少しは道のようすを知っているはずでしょ。とくに危険の有無については」

「わたしが重要な点を見逃しているというわけかな」アプルビイがやんわりとたずねた。

「かもしれないわ。どうやらあなた、私道の門はちょうつがいを外されて、ソン・エ・リュミエールの開催に備えて――重い資材を運び込むために――位置をずらされていたと思っているようね。そうして門は何週間かそのままの状態だったと。でもほんとにそうかしら。資材が敷地へ運び込まれたときには、門はすでにどかされていて、催しの最中にまた元の場所へ置かれて、資材を撤去するためにまた動かされたのだとしたら、どう？　ことによると資材の撤去が始まって初めて動かされたのかもしれない。あわただしい作業だった気がするわ。そのさなかに、物を動かすにはもう少し余分な場所がいると関係者は思ったのかもしれない」

「それがつい昨日の朝のことだな。マーティンが死んでから間が空いている。とすれば、わたしのいわば二門《ツーゲート》説は無意味だ。ふむ、きみ、鋭いな」

「どうもありがとう」ジュディスは複雑な表情を浮かべた。「ジョン、わたし別にいい加減なことを――」

「ああ、わかっている。警察の捜査も進んでいるよ。プライドの一の子分には、わたしが発見したことを伝えに戻ったときに、事の重大性をよく話しておいた。ソン・エ・リュミエールの関係者にはすでに警察は接触しているはずだ。ふだんあの道路を使っている地元民からも遠からず事情を聞くだろう。だが門の存在に関わりなく、証言の中味は驚くほど互いに矛盾するかもしれん。よくあることだが。ともかく最善の結果を期待しよう。ところで、今の話でもう終わりというわけではないよな」

「そんなことはないわ。ね、もしかすると、門はソン・エ・リュミエールとは無関係に動かされたのかもしれない。あなたの推理に従えば、ある事柄を故意に引き起こすためだったのかも――つまり、マーティン・アリントンの死を」

「いいかえればオーウェン・アリントンの仕業というわけか?」

「あら、そうとも決めつけられないでしょ。殺人狂はほかにいるとも考えられる」

「バーフォードかな――あるいはレスブリッジか」

「あの人たちだって頭が変ではないでしょ。話がつまらないだけよ」

「じゃあホープ・アリントンか。マクベス夫人（悪女の代表格）的な資質がないとはいいがたい女だ」

「ホープも違うわね。わたしはスクレープさんに一票入れたい」

「スクレープだと？」つまらぬ思いつきを軽々しく口にした妻をとがめるつもりもあってか、アプルビイはタイムズ紙に手を伸ばした。

「おい、スクレープを――それもビンゴ遊びの場を離れたスクレープを――狂人だというのか？」

「どんな人間を狂人ていうのか、よくわからないけれど」ジュディスは大まじめだ。「スクレープさんてほんとに頭がおかしいわよ」


午前の半ばごろに州の警察本部から二度目の電話があった。見事なまでに気が利くプライド本部長殿の部下からの知らせで、マーティン・アリントンの車の調べが終わったところだという。機械の故障は皆無だった。とくにブレーキとハンドルは新品同様とのことだ。

アプルビイは受話器を置き、浮かぬ顔で庭のほうを向いた。結局のところ二門《ふたもん》説は有効なのか無効なのか。この説については、ジュディスに述べ立てたことだけで尽きてはいない。スクレープか誰かがちょうつがいを外して第一の門を芝地に運んだのだ、というジュディスの主張は理屈に合わない。犯人が二人組なら可能だろうが、一人では無理だ。門が置かれた地面の調査はアプルビイもすませていた。門が置かれて以降も芝生は伸びているはずだ。マーティンが死んだ日に門を動かすことなど不可能としか思えない。

とはいえむろん別の可能性はある。門が移動していて、マーティンにとっては危険な状況が生まれていたのに、他人の不幸を願うどこかの不届き者が、それに気づいていながらなんの手も打たなかったのかもしれない。そう考えると胸くそが悪くなる。むかむかするほど不愉快なので、アプルビイはひとときアリントン・パークの存在を忘れようと、庭師フービン老と言葉を交わした。フービン老は鳥かごに小果樹（イチゴ等の小さくて種のない果実）を入れること（三七頁参照）にはきっぱり反対した。ドリーム荘では昔から、ラズベリーの茂みには網をかけただけだった。またどうやら老庭師の息子は、網の下に入り込んだ鳥を一種の〝儲け物〟と見ているようだ。その鳥たちにはほかの誰も手出しができない。息子は嬉しそうに捕まえては一羽ずつ絞め殺していった。

フービン老を怒らせてしまう危険を顧みず、そんな酷いことはやるなとアプルビイは強く命じた。老人はむっつりしながらモグラの話題を出した。と、そのとき、屋敷から電話が鳴る音が聞こえた。アプルビイは内心ほっとしながら屋敷へ向かった。

再び警察本部からの連絡だった。二〇マイル（三二キロ）離れたロンドンのガソリンスタンドで、マーティン・アリントンの写真を見た店員が客本人だと証言したという。そこは終夜営業の店だ。アリントンは夜の一二時から一時のあいだに車で来てガソリンを満タンにしたが、正確な時刻は不明とのことだ。しかし店員は客と言葉を交わしていた。客が走り去り、難しいカーブをうまくこなすところも見たそうだ。飲酒していたようではあるが、とくに変わったようすはなかった。危険な場面で、しらふのときと同じほど反射神経が活かせるか否かはわからないが、とにかく運転はうまかった――例の門に関しては、ソン・エ・リュミエールの関係者を含めて誰からもまだ証言を得られていない。

アプルビイは再び庭をぶらつきだした。どうして自分がアリントン・パークのごたごたに関わらねばならないのか。プライドの部下は腕利きぞろいだ。ずいぶんがんばっている。自分は第一線を退いた人間で、朝起きて夜寝るまでのあいだ、昼食から夕食までのあいだ、のんびり時間を過ごしているだけなのだが。

昼食はわりに地味な〝日中行事〟だ。夫にそれとなく催促されるまで、彫刻家ジュディスはすっかり忘れていたらしい。ジュディスは自らいうところの試作《ボツェット》を食卓に持ち込み、この小さな蠟《ろう》の物体をあかず眺めている。食事が終わるやアトリエに夜まで缶詰めになるのだろう。アプルビイはまたタイムズ紙に手を伸ばした。そうして、なんと経済《ビジネス》——七つの大罪の一つたる怠惰に対する最後の砦——欄を読みだした。陰気な秋の深まりとともに自動車の生産も落ち込んでいるという記事が目に留まった。こんな世界観《ヴェルタンシャオウング》には共感できんなと思いながら、アプルビイは新聞を食卓に置いて窓の外を見つめた。

エンツォの運転する車が私道を走ってきた。

「きみのお気に入りの若者だが、今日の仕事をさっさとすませてきたようだぞ」アプルビイは妻に声をかけ、相手のようすをうかがった。「まさかきみが無断外出をそそのかしたわけじゃないよな」

「当たり前よ」屋敷の角を曲がってきた若者にジュディスは目を向けた。エンツォは遠慮しているのか、なかなか玄関口に姿を現さない。「なんだかいらついていたみたい——違う？　それにもっと何か言いたいことがあるらしかった。つらいわよね、英語がほとんどしゃべれないから」

「ふむ」アプルビイの疑念は薄らいでいった。「きみ、わたしがえらい警察官《ア・グレート・ポリスマン》だったことをあいつに話したのか？」

「えらい警察官《ザ・グレート・ポリスマン》ね。イル・グランデ・ポリツィオット」

「おい、ちょっと。それじゃ警察のスパイって意味だ」

「ま、とにかくエンツォは何かを思いついたから飛んできたのね。こちらから話しかけてあげなきゃ。

あなたの書斎に案内したらきっと驚くわよ。手錠をいくつか置いておきましょうか。あと鞭を一、二本と杖も何本か」

「くだらん」はたしてあのイタリア人と対面したいのかどうか、アプルビイは自分でもあやふやだった。ジュディスが臆面もなく設定したらしい舞台に、のこのこ上がってよいものか。とはいえ、ほかに打つ手もないので、ここは潔く妻の顔を立てることにした。

夜間には不謹慎な行動に出るエンツォも、日中には実に礼儀正しい若者に見えた。自分からは椅子に腰を下ろそうとしなかったが、アプルビイから強く勧められるとすんなり従った。年配で無愛想なイギリス人執事には点の辛いアプルビイも、そんなイタリア人青年には好感を抱いた。古い考えの持ち主に見えるオーウェン・アリントンが、演劇に出てくるような典型的執事を雇っていないのは少し不自然な気もする。だがもしあの屋敷の使用人がみなイタリア人だったら、エンツォはまとめ役としては適任だろう。頭もよいし。それにしても今は見るからに動揺している。理由はすぐにわかった。警察《ポリツィア》から死んだ男の写真を見せられたからだ。

これもプライドの部下たちがよく働いていることの証左だなとアプルビイは思った。知っている限りのイタリア語を並べて、きみはマーティン・アリントン氏の顔を知っているのかとエンツォにたずねた。しかし青年が戸惑っているのを見て、ジュディスがすぐ助け舟を出してやった。写真はラルトロ・モルト、つまり他の遺体のものだった。で、あなた、その遺体が誰だかわかったの？　はい、わかりました——暗いところだったし、見たのも一度だけですが。プレッソ、ルンゴ、ラルベラート」

「相手は大通りを歩いていたんですって」ジュディスが夫に言った。「まあそういった意味よ。ノックダウンのことみたいね。もしかすると——」言葉を切った。今エンツォはパロッコ（イタリア語で教区司祭の意）について何か話している。

やがて、何度も訊き直してゆくうちに、エンツォの話したいことが明らかになった。自分はご主人さまと総監《ジェネラル》（アプルビイのことだ）に食事とコーヒーをお出しした。そのあと、心地よい夏の夜だから、自由にその辺を散歩でもしなさい《アンダーレ・ア・ファーレ・ウナ・プレーヴェ・パッセジャータ》と言ってもらえた。でもノビルタ《高貴なお方》に迷惑をかけてはいけないので、すぐには出かけなかった。

「アプルビイ夫妻は絶好調だな。イタリア語の理解も申し分なしだ」アプルビイは楽しそうに言った。「だがこの若造め、要するに相手の女の両親が寝入るまで出かけるつもりはなかったと、ほざいとるだけじゃないか」

「まあね」妻が応じた。「とにかく話を続けてもらいましょ」

エンツォは言葉を継いだ。自分は池《ラーゴ》のほとりの道を通ったのだが、下り切ったところで一人の男と出くわした。暗くて顔はわからなかったが、どうも誰かの到着を待ちながらうろついているかに思えた。たばこを吸っていた。おりのなかをぐるぐる歩き回っている動物さながら、いかにも落ち着かないようすだった。ぐるぐる《アトルノ》、ぐるぐる《アトルノ》と、エンツォは生き生きした口ぶりで言った。アリントン邸の管理者エンツォとしては、侵入者に声をかけぬわけにはゆかなかった。すると相手はそそくさと本街道へ立ち去った。まだ月が出ていなかったので、依然としてまわりは見えにくかったが、そこへパロッコが入ってきた。

パロッコとは誰を指すか。むろんスクレープだ。この教区牧師は自転車に乗っていた。どこかから帰ってきたところらしい――そう言いながら、なんらかの宗教的理由からか、エンツォは神妙な顔で十字を切った。臨終の聖体拝領《エル・ビアティコ》（イタリア語ではなくスペイン語）のつもりだろうか。自分の自転車にはかなり明るいライトがついており、一瞬だが侵入者の顔をまともに照らしたから、顔がはっきりわかった。きっとパロッコの目にも入っただろう。警察《ポリツィア》から見せられた写真の男の顔だった。ノックダウンだ。ここで自分は立ち去った。ノックダウンはこのとき公道にいたから、自分としてはとがめることもできなかった。


「怖がっていたわよね」イタリア人青年を屋敷の外まで見送って戻ってきた夫にジュディスが言った。

「うむ、そのようだな」

「ね、まだ何か隠していることがありそうじゃない?」

「なんともいえんが、たぶんないだろう」

「だけど、なぜあんなに不安そうだったのかしら」

「あの男ははるばるペスコカラッショから来たんだ。それに、屋敷の雰囲気がおかしいとは感じているのかもしれん」

「アリントン邸のこと?」

アプルビイはうなずいた。ジュディスは心ここにあらずといった夫の風情に気づいて、この人、とうとう本気でアリントン邸の事件に取り組む気になったのねと思った。アプルビイは部屋をそわそわ歩きだした。

「二門《ふたもん》説はまだ捨て切れん。それと、マーティンの車を第二の門《ゲート・ツー》に誘い込むために、第一の門《ゲート・ワン》をもてあそぶのもおかしい。まったくの偶発事だ。それが常識的な見方だよ」

「ノックダウンを忘れないで」

「わかっている。マーティンの一件の現場とは目と鼻の先の場所でノックダウンはぶらついていたあげく、あの世へ行った。それも変死だ。だが事故説――つまりわたしのもっともらしい二門説《ふたもん》――を捨ててしまうと、再び混乱が生じる。理屈が立たなくなる。さらには池に沈んだ財宝という突飛なものの概念にじゃまされる。ここはとくと考えんとな。ベーカー街のあいつ（シャーロック・ホームズのこと）流にいえばパイプ二服分《ツーパイプ》のミステリ（「赤毛組合」での、これはパイプ三服分の問題だ、というホームズの台詞のもじり）だ」

「この場合、パイプは門ね」

「そのとおり」アプルビイは窓辺で立ち止まり、昼過ぎの外の景色を見つめた。「いずれにしろ少しは考える時間もあるだろう。今日はもう何も起こるまい」

だがこれは見込み違いだった。いろいろ起きたからだ。

## 17

　もうすぐお茶の時間だというときに、二門《ふたもん》説は論破された。まさしく完膚なきまでに打ち砕かれた。手を下したのはプライドの部下だ。

「わたしなんかに何を期待しているんだ」再び電話の受話器を置いて振り返ったアプルビイが言った。「ただの退職警察官として捜査にちょっかいを出しただけなのに。事件にどっぷり浸ってやしない。知らん顔もしておらんが」

「なんの話よ」ジュディスにとってこれほど不機嫌そうな夫を見るのは初めてだった。自尊心を傷つけられでもしたのか。

「そりゃ捜査の指揮を執っていたら、わたしも同じようにしたよ。迷わずにな。そのときはつまらんことをべらべらしゃべったりしなかったさ」

「何を迷わずにしたって？　警察はなんて言ってきたのよ」

「やはりアリントンの農場へ出かけて管理人と話をしただろう。警察も実際そうしたそうだ——遅ればせながら。一時間前のことだと。管理人はマッドウェイという名の信頼できる人物で、地元では昔から有名で評判もいい。この男がわたしの門を受け入れていないとさ」

「あなたの門？」

「第二の門だ。管理人によれば危なっかしい代物なんだと――真ん前に池があって、道が急角度で右に折れている。去年マッドウェイは、オズボーンの代から建ててある柵のうち、傷みのひどい箇所を取り払った。これから新しく柵を建てるつもりだという。そのあいだは――」アプルビイはニヤリと皮肉めいた笑みをもらした。「夜ごとあの門を閉めて南京錠をかけている」

「へえ、そう！」

「もうきみにジイさん扱いされても文句は言えんな。昨日、我々が三〇分早くアリントン邸に着いていれば、門は閉まっていて錠がかかっていただろう。おとといは実際そうだったわけだ」

「そうかしらね」

「うむ。至極妥当な結論だよ、ジュディス。ところで、干し草用の荷車が被った例の災難を我らが尊敬すべきマッドウェイ氏は覚えていた。ご本人が責任ある地位につく前に起きた出来事だが。プライドの部下たちに語ったところでは、荷車に乗っていた人間はリンゴ酒でしたたかに酔っているように見えたと。だから、もう暗闇や夕闇のなかで、酒に酔って池に飛び込むような人間を二度と出すまいと決意したんだとさ。どうだろう、きみの見るところ、マッドウェイ氏がマーティンの守護天使だというのは、神学的な論証に耐えうるかな。マーティンが関係しているはずのない出来事が少なくとも一件あると、当人は主張しているわけだが」

「あなたの調べはどこまで進んでいるの」

「まあそれより、プライドの捜査について話そう。あの男、しっかり計算したうえで、わたしにはもっともらしく思える一件を捨てて、それよりずっと可能性の低そうな最初の一件に取り組んでいるんだ。無理もない。ほかの見方では――」

「常識的な見方なのね」

「そのとおり。ほかには常識的な見方はない。第一の門が消えてもマーティンは惑わされなかった。私道にきちんと車を入れていた。あるいはそうしたのがまずかったか。というのも、そこからすぐ無理やり右へ曲がった結果、車もろとも池めがけてまっしぐらとなったのだから」

「ノックダウンもいるわよ」

「わかっている。だが何にどう関わっていたんだ」

「ノックダウンが身を潜めていたことはもう明白よね。電気製品を盗むつもりだったのかもしれない。それとも製品に興味があっただけなのか。お酒も飲んでいたらしいし」

「大した量じゃない」

「でも酔ってはいたでしょ。そうして私道をかなりの速度で入ってきたマーティンの車の前にふらふら現れた」

「マーティンはぶつかるのを避けようと車の向きを変えた――これが命取りだった」アプルビイは一息ついた。「無理のない解釈だ」再びせかせか歩きだした。「ただ、その後どんなことが起きたのか。ノックダウン《ノックト・ダウン》ははねられずにすんだ。ちゃんと立ったまま――人を乗せた車が池に消えていくさまを目にした。するとどうしたか。なんの気になしに、例の展望台のほうへ歩いていき、なかに入り込み、あっさり自分のからだに電気を流した」アプルビイはぴたりと足を止めた。「いかん。だめだ。常識的な見方では迷路を抜けられん。真の解決策は荒唐無稽なものになるだろう。例の財宝のことも考えんと」

「あなた、財宝の話は軽んじていたんじゃない?」

「そのとおり。ある意味ではな。頭から追い払おうとしてきたよ。意識しすぎるとおかしな事態になりそうだ。マーティンはあれを求めて飛び込んでいった」

「求めて飛び込んだ？」

「言葉の綾だ。極端な解釈。酔狂な見解。わからんのか？　なぜこういうことになるのか。マーティンがあそこで死んだ。財宝があそこにあるせいだ――あるいはあったせいだ。あるいはあるというお話が作られているせいだ。まったくなあ！　当然じゃないかね、わたしがこんな異常な想像の世界を頭から消し去ろうとするのは」

「おかしな人たちといえば！」ジュディスは窓辺に寄っていた。「ずいぶん古い車がこちらに向かってくるわ。運転しているのはスクレープさんよ」

「わからんな、なぜきみがあの男をおかしいと言い張るのか」

「単にわたしが気まぐれなせいかもしれない」

「それに、なぜあの男が我が家を訪れようと思い立ったのか。この地区にはこの地区の牧師がいる――それに、あんな牧師はごめんこうむると言いたいよ」

「ジョン、あなた、もやもやしているのね。気分をよくするにはアリントン家の謎を解かないとね――トミー・プライドに先んじて。とにかく今はスクレープさんのお相手をしましょ。ちょうどお茶の時間にいらしたのね」

「客ってのはそんなものだ」アプルビイは浮かぬ顔で答えると部屋を出た。すると、端正な顔に嬉しい驚きというべき表情がさっと浮かんだ。

どう見ても今のスクレープは、教区民を善導すべく自身に与えられた場の境界線を、無意識にせよ踏み越えてしまっている。実際のところ、教区の日常に突如として起きた騒動の結果として、あの男はリンガー村とともにロングドリーム荘のある教区をも担当するようになったのかと、アプルビイはいぶかった。あるいはこの辺の土地を自由に歩き回れる権限を得た地方執事にでもなったのか。いずれにしろ、まるでいつもどおりお宅に来ましたよとでも言いたげに、スクレープはお茶をぐいと飲み、自分の仕事にまつわるたあいもない話を始めた。だが何かの好機をうかがっているような雰囲気もかすかに漂わせている。また、アリントン邸での祝典に参加して多大な協力をしてもらったことについて、アプルビイ夫妻に長々と礼を述べた。あ、そういえば結局あそこでは何も買わなかったなとアプルビイは思った。まずかったかもしれん。ウィルフレッドは室内用スリッパをはいていたな。スクレープ師は何気なく皮肉屋の本領を発揮しているのか。今も寄付を求めるつもりかもしれない。池での惨事について何も語らないのが妙だ。結局アプルビイからこの話題を持ち出す次第となった。

「なんともやりきれません」カップを置きながらスクレープ師が応じた。筋骨たくましいからだが服の下でこわばったようだ。「前途有望な青年でした。伯父さんからもあれほど愛されていて、明るい未来が待っていたのに。しかるべき時には、善行に励むべく、アリントン邸の多大な可能性を秘めた品を引き継ぐはずの人間だった。我々としては、ただこうべを垂れるのみです」

そう言いつつスクレープは頭を下げた。だがそれは、目の前に並んだフルーツケーキのなかから、どれを食べるか決めるためだった。こいつ、ほんとに頭が変なのかなとアプルビイは疑った。ともかく教区民たちの属性について現実離れした見方をする点では、実際おかしいのかもしれない。スクレープは牧師というより超牧師だ。どうにも扱いづらい。

「それから、もう一人の不幸な者の存在も忘れてはいけませんね」スクレープは話を続けた。「むしろ我々はノックダウンのためにいっそう心を込めて祈ってやらないと。死亡時の状況からすると、どうもあの男は神に見放された者の一人に数えられるようです」

アプルビイはますます落ち着かなくなった。劫罰《ごうばつ》の教義を信じていると日ごろ語っている人間が、その同じ口で死者の魂のために祈りましょうなどと言って、神学上の矛盾を感じずにすむのか。あるいはスクレープ師は、教区内の各家庭にお茶の時間を設けること――ビンゴゲームで大騒ぎすることはもちろん――に熱を入れるあまり、おのが職の理論的側面には少し鈍くなっているのか。

「ノックダウンのことはわたしも存じておりました」牧師は言葉を継いだ。「でもアリントン氏はご存じないようだ。そういえばレディ・アプルビイ、このあいだ話題に出しておられた憶えがありますが。確かな筋からのお話でしょうな」

「間違いないと存じますが」ジュディスは内心どきっとした。「そうでしょ、ジョン」

「もちろん。アリントン氏はうわさも聞いたことがないと。ノックダウンという男は、この土地ではいわば新顔だったようだ。それから、前科がありました」

「前科が？」一瞬ケーキを口に運ぼうとしているスクレープ師の手の動きが止まった。「怖いな。あの男にはわたしの代わりにちょっとした仕事をこなしてもらったのです。ほどほどの賃金で満足してくれましたよ」

「雇ったのは最近ですか」アプルビイがたずねた。

「いいえ。ここ数週間のことではありません」

「それ以後は会われていないんですね」

「ふむ。ええ、まったく言葉を交わしていません」

「いやそうではなく、姿を目にしたこともないかどうかです」

「レディ・アプルビイ、このお茶は実に美味ですね。今後お茶の時間を告げる呼び鈴が鳴った際には、どのお宅へうかがえばよいか決まりましたよ。ところでサー・ジョン、なんとおっしゃいましたかな。そうそう、近ごろノックダウンを見かけたかどうかは、記憶が定かではありません。しかし前科があったというお話にはどきりとしました。やはり簡単な仕事を任せるときにも、相手の履歴は必ず確かめないとだめですね」

「自分の家もなくて、自然に助けてあげたくなるような人の場合は別でしょ？」ジュディスが口をはさんだ。

「もちろん。わたしもそう申したつもりです。いずれにせよ今後も自分のやり方を貫くほかなさそうだ。さて、これからピン校長のもとを訪れて、昨日のリチャード・サイファスの仰天すべき行動について報告しないと。レディ・アプルビイ、本人に代わっておわびいたします」

ジュディスはなんのことやらぴんとこないようすだ。気を利かしてアプルビイが言った。

「祝典の収益はご期待に沿う額だったのでしょうな」

「今後のために大いに役立ちそうな額でした」スクレープ師は立ち上がりながら答えた。「それにしても、やるべき仕事は山ほどある！　内陣《チャンセル》の維持・管理は聖職の後援者たるアリントン氏の責務ですが、もちろんきっちり果たしていただいている。わたしはなんとも幸運な男ですよ、ああいう方に支えられて！　ですが冬が来る前に、身廊《ネイブ》にはぜひとも新しい無煙炭ストーブをつけないと。ビレッジホールの現状も、ご存じのとおり深刻です。それに修道院の建物の改築も急務で」

「修道院の建物？」ジュディスが戸惑ったようにたずねた。

「レディ・アプルビイ、隣接する教区に遠い昔から敷地を所有しておられるご一族のお一人として、元来アリントン邸が僧院だったことはご存じいただきませんと」

「ええ、わかっておりますとも。聞いたことはございます」

「しかし、一七世紀にオリバー・クロムウェルが城の大部分を破壊したように、なんと恐ろしくも同じ名字のトマス（一四八五？〜一五四〇。ヘンリー八世時代の摂政。エセックス伯爵）が、その一世紀前に修道院を解散したのみならず、組織自体を解体するうえで力を振るったのです。今日《こんにち》では石のひとかけらも残っていません」

「ご自身が再建なさるおつもりですか」アプルビイがたずねた。

「もちろん。断固たる決意をもって」

「修道司祭の団体も再結成なさるおつもりですかな」

「それはまだ未定です——詳しい計画はいずれということで」

「ずいぶん費用のかさむ企てになりますな」

「極端なほどではないでしょう。二五万ポンドもあればお釣りが来るほどだと見ています。レディ・アプルビイ、ちょうどよい時間においしいものをお出しいただき、ありがとうございました。我が活動の場《ビニャード》（マタイによる福音書第二〇章第一節ほか）で仕事が待っています。すぐに終えたい仕事でして。では失礼」

スクレープ師は帰っていった。古ぼけた愛車が逆火《バックファイア》を起こしながら私道を遠ざかっていった。アプルビイ夫妻はしばらく無言で顔を見合わせた。

「ほら——ね」ジュディスが口を開いた。「あれがビンゴゲームの殿堂を仕切れるだけの活力よ。頭のネジがゆるんでいるんだわ」

「しかしまあ、あきれたな！　典型的なエラストス主義（国家権力が教会に優先するという説）の牧師だ」

「グラッドストン（一八〇九～九八。イギリスの政治家。四期、首相を務める）の説だと、尊敬を集める人間のなかにはエラストス主義者が大勢いるそうよ」

「くだらん。あいつは郷士と聖人をごたまぜにしたような人生観にもとづいて、面白おかしく日々を送るたぐいの男だ」

「ことによると、いわゆる分裂病型人格なのかもしれない」

「ことによるとな。とにかく、一種の抑圧された狂信的感情《ファナティシズム》の持ち主なんだよ。なぜ我が家を訪れたか、わかるかね」

「わからないわ」

「オーウェン・アリントンとノックダウンとが見知らぬ同士であると念押しするためだ」

「なぜそんなことを」

「理由は一つしかない。それが嘘だとわかっているからだ」


アプルビイは午後の遅い時間の大半を電話の相手とのやりとりに費やした。以前は警視総監だった人間でも簡単には情報を得られぬ――しかるべき会員制組織《クラブ》で慎重におこなう場合は別として――事柄もいろいろある。アプルビイは少々いらつきながらも、どうにか問題を処理した。と、そのとき、近くの野原を通ってこちらに近づいてくるウィルフレッド・オズボーンの姿が目に入り、気持ちが明るくなった。お茶を飲みに立ち寄るつもりらしい。急いでいるようすはない。やがて立ち止まり、ジュディスが何年も前から飼っている馬の一頭に話しかけだした。アプルビイとしては助かった。すでに並べてあるシェリーよりも上質の一品を見つけにゆく時間が取れたからだ。オズボーンは、思考回路こそ単純な男だが、シェリーの質に関しては先祖伝来の知識を我が物にしているらしかった。一族のある代の者は、たとえば獣脂を輸入していたのだが、次の代の者が、金になる副業としてシェリーやポートワインやマデイラワインの輸入を始めた、というのはよくある話だ。

　しかしながらオズボーンはビールを所望した。今日もなぜか暑い一日だったからねと、穏やかに理由を説明した。

「ほう。そいつは気づかなかったな」アプルビイはむっつり応じた。「アリントン邸での出来事が頭から離れなくてな。それはそうと、途中でうちの奥方に会ったかね。無力な貧者たちにジャムやピクルスを売りつけようと出かけていったが。きみの室内用スリッパも巻き上げるつもりだったかもしれんよ」

「見かけなかったよ。スリッパはフービンにやろうと思っていたんだ、差し支えなければな。なにせ長い付き合いだから」

「名案だ。あの男にとっては、ようやく室内でくつろげるときが到来した証となるかな。まだ隠居するそぶりも見せていないが。わたしもべつに勧める気はないがね」

「それはそうだ。仕事をやめる決断をするのは難しいものだよ」オズボーンはまじめな顔で首を振った。「時は逃げ去る《ホーラ・フギト》（オウィディウス（四三B.C.～A.D.一七?）『恋愛詩』第一巻第一一歌）、時はすべてを食い尽くす《テンプス・エダクス・レルム》（オウィディウス『変身物語』第一五巻第二三四行）。そんなところだ。昔の人はうまいことを言ったものだな」

「まったくだ。時は移ろう。我らも時の移ろいのなかで変わりゆく《テンポラ・ムータントゥル・エト・ノース・ムータームル・イン・イッリース》（ジョン・オーウェン（一五六〇?～一六二二）『警句詩集』（一六一五年）中の一節）」

アプルビイはふと黙った――オズボーンのいうとおり、オウィディウスやウェルギリウスたちにはしかるべき敬意を払うべし、との思いをこめて。「なあウィルフレッド、アリントンに屋敷を売った際、あの男が過去の驚くべき醜聞を揉み消したばかりだと知ったら、どんな気がしたかね。まさか実際に知っていたわけではないだろ」

「いきなりなんの話だ、ジョンくん。そりゃ知っていたら、うろたえたかもしれん。きみに話したはずだが、あの屋敷がアリントン家に返されるということで、当時わたしは少しほっとしたんだ。なにせ先方は歴史も名誉もある一族だから。誰でもそんな気分になるものだろ。ところで、どんな醜聞だ。女性がらみで悪事を働いたか?」

「大違いだ。近ごろじゃそんなのは醜聞とはいわん」

「そうだな。今は堕落した時代だ。ここ二〇年、女たらしなんて言葉もとんと聞かれなくなった。色魔なんてのも。状況証拠にはなりそうだ」

「なるだろう」オズボーン流の論理展開などアプルビイはどうでもよかった。「オーウェン・アリントンの件だが、きみの話ではあの男は事業に手を染めたそうだな。かなり高いレベルで原子エネルギーと関わりを持ったらしいと。で、その方面で、どこやらと金になる取り引きをしているという見方が強まったんだ」

「へえ、なんてことだ！　まさか相手はボルシェヴィキ（一九〇三年、ロシア社会民主労働党内に生まれたレーニン派）じゃあるまいな」

「いや、違う。相手は腹に一物ありそうな近東出身の紳士連だ。アリントンの甥っ子も一枚かんでいたらしい」

「連中はぶち込んでおくべきだったな」

「それはどうかね。実際の取り引きを示す証拠はなかった。きみとしては、あの男が反逆行為によって得た利益で屋敷を買ったのではない点がわかれば幸いだろ。わたしもつい一時間近く前に電話で内密の連絡を受けて知ったんだ。今のところ、アリントンに関して、ある不快な情報が流れたということしか言えない。当人は辞職を願い出たという。それでこの件は終わった」

「いやな話だな、ジョン。自分の隣人が怪しげなことに手を染めていたようだとは。気が落ち着かんよ。ましてや――」

「ふむ。だが屋敷を売った当時、きみには事情を知るすべはなかったわけだ。あの男が屋敷を買いたいと申し出てくるまで、面識はなかったんだね」

「もちろんだ」オズボーンは目を丸くした。「向こうが客として現れたんだと、きみには話したはずだぞ。会ったのはせいぜい二、三度だ。それも二年ほどのあいだに。アリントンは一族の歴史に関する資料に興味を持っていた。もちろん自分の一族の資料だよ。だからわたしはそれを譲ってやった。おい、ジョン、具合でも悪いのか？　それともスズメバチのせいか？　今年は悩まされるなあ」

アプルビイはぎょっとしたようすで立ち上がっていたが、すぐまた多少とも落ち着きを取り戻して腰を下ろし、言葉を継いだ。

「当時アリントンはどこに住んでいたんだ」

「たぶんロンドンだろう。だが郊外に週末用の小さな別荘を借りていた。ずいぶん利用していたようだよ。研究も少しそこでやっていたらしい。原子エネルギーなどとは無関係なものだ――まあ、わたしの知る限りでは。計画の一部を聞かせてくれたことがあったが、興味深い話だったよ。だから池を貸してやったんだ」

今度はアプルビイはぴくりともせず、ただオズボーンをじっと見ていた。まるでこの邪気のない田舎紳士が、いきなり双頭の獣に変身したかのように。

「池を貸した？　アリントンは池を持ち帰ったのか」

「池を使わせてやったという意味だよ、ジョンくん」オズボーンはむっとして答えた。「あの男、重量の軽い潜水用具を作らせていた。自分がそれを身に着けて池にもぐったわけじゃなさそうだが。二日ほど二、三人の者を送り込んできたよ。なんの騒ぎも起きなかった。問題なしだ」

「もぐった場所は池の最深部だったのだろうな――橋の近くの先端だが」

「そのとおり。そんなに深くもないがね。用具も必要なかった」

「で、このあいだの晩にマーティンが沈んでいったのもその場所だな、ウィルフレッド」

「そうだ」オズボーンはビールを飲み終わり、さあ帰るかとばかりに立ち上がった。「不思議な偶然が起きたものだよな。世の常だ」

「きみ、まだ話は終わって――」

このとき電話が鳴り、アプルビイは中座せざるをえなかった。

「アプルビイさん――ですか？」プライド大佐のただならぬようすの声だ。「よかった、おられて。実は――わたしはまたここに来ているんです」

「アリントン邸ですか？」

「ええ。来られませんか？　今度は牧師《パードレ》ですよ。スロープ。ん、スクループか」

「スクレープ？」

「そうそう――聞こえてますか？　すぐ車でおいでください」

「オズボーンが来ているんです」

「ご一緒にどうぞ。奥さまも。奥さまは必ず。女性のあしらいが上手な方だから」

「わかりました。しかし、スクレープがどうしたって?」

「さっき言いましたよ。混線してるのか、これは! 池に沈んでいました、頭を強打されて」

# 18

アプルビイたちが家を出たのは夕暮れ時だった。アリントン邸でどんなことが起きたにせよ、お腹に何も入れていかないのはよくないとジュディスが判断したためだ。短い時間の運転中アプルビイは黙りこくっていた。頭のなかで問題点をすべて整理した状態で車を降りねばならない。とはいえあわてて結論を出してはまずい——どんな結論であっても。二門《ふたもん》説は飛躍した論理だった——飛び跳ねたすえに、池ではなくどぶにはまったようなものだ。今や第一の門のすぐそばで、筋がいよいよ複雑になり凝縮されてきた。

とはいえ門自体はもはや事件の要素ではなさそうだ。たしかに位置をずらされたが、だからマーティンが目印を見間違え、橋を越えて池に飛び込んだわけではない。私道にはふつうに入っていったのだ。門の位置が変わったことも事件に影響を及ぼしたはずはない——驚くべき錯乱状態を生んだ可能性を別とすれば。だが門を除外するなら、はて、何が残っているのか。

カウ・アンド・ゲート（乳製品などを扱う会社）か。ふとアプルビイは口にした。かつて子どもたちがそんな名前のミルクを飲んでいたな。ふむ、では今回の一件を牛と門の謎《カウアンドゲート・ミステリ》とでも名づけるか。マーティンの車の前にノックダウンがふらふら現れ、不運な目に遭ったことについては、もう関心が薄れてきた。だが牛についてはどうか。ある人間が酩酊に近い状態で車を飛ばしているとする。と、いきなりヘッドライトが大きな動物を照らし出したら、それを避けようとしてやみくもにハンドルを切り、危険な状況に陥ることは十分ありうる。

とはいえ、そういう動物がいたと見なす根拠がない。となると、〝オッカムのかみそり〟として哲学者たちに広く知られた教義（ある事柄を説明する場合、必要以上に多く仮説を立てるべからずということ）を適用しないといけない。ただ解釈せんがために、存在が確認されてもいない事物の存在を仮定することは、やむをえぬ場合を除いて避けねばならない。それゆえ、カウ・アンド・ゲート説を――いや、ドッグ・オア・キャット・アンド・ゲート説をも――棚上げするほかなかった。だがレオフランク・ノックダウン（どうもウソくさい名前だが）が存在することは――少なくとも存在していたことは――知られていた。本人は現場にいた。これは今や故人となったスクレープにもあてはまる。教区牧師は自転車に乗ってよく現れていた。エンツォも同様だ。エンツォは真実を語っているのだろうか。知る限りの真実を。そうでないと断じる根拠はアプルビイにはなかった。あのイタリア人青年は雇用主と二人で何かたくらんでいたのかもしれない。まあ、それをいえばノックダウンも怪しいが――さらにはスクレープだって。もちろんオーウェン・アリントンが一番うさんくさい。四八時間のうちに、あの男の敷地で三人も不自然な最期を遂げた――しかもその内の少なくとも二人との関係には妙な点がある。しかもあの男、甥と組んで不正な事業をおこなっていたようだと、アプルビイはロンドンからの電話で知らされた。ノックダウンとは面識がないというアリントンの発言が、スクレープに嘘だと見抜かれていたことはほぼ確実だ。スクレープだって嘘つきだった。いや、エンツォがそうでなければの話だが。エンツォの話からすると、事件初日の晩、自転車に乗っていてノックダウンを追い越した際、スクレープには相手が誰だかわからなかったはずはない。

おっと、とりあえずオーウェン・アリントンに焦点を絞ろう——アリントンと財宝に。まずは財宝か。妙なことだが、すべての謎は存在さえ疑わしい秘蔵物に源を発している。

ソン・エ・リュミエールの場で財宝の話題など出さなければよかったと、アリントンは言っていた——おかげで、夜な夜な宝探しをする連中が現れだしたのだからと。だがこれは事実なのか。よく考えてみると、どうもおかしい。単に財宝の存在を話題にしたかっただけかもしれない。だとすれば、なぜか。ふむ、あの男は財宝の記録については何も語っていない。やつめ、人をひっかけて楽しんでいたのではないか。その相手は新たな隣人、サー・ジョン・アプルビイ……。

財宝にまつわる話を別の角度から考えてみよう。すると全体像がかなり見えてきた——驚くべき全体像が。財宝は実在していたのかもしれない。池の底に。真偽不明な先祖からの言い伝えとしてであれ、アリントンはこの件についてよく知っていたので、ウィルフレッド・オズボーンと顔見知りになり、客として屋敷に滞在し、記録保管室で関係文書を入手する挙に出たのだろう——そうでもしなければ目にすることが不可能な文書を。で、簡単にいえば、古い地図上の重要地点に赤いバツ印をつけたわけだ。冒険物語ではおなじみの場面だ。さらにその後の展開は驚くばかりだ。アリントンは潜水用具の開発に熱を入れるふりをして、二日ばかり池を〝借り受けた〟結果、財宝を手に入れたのか。途方もないぺてんだった。オズボーンの敬服すべき素朴な人柄をあの男が見抜いていたという前提に立つことで、初めてなるほど起こりうる事態だなと思える。アリントンにすれば、しごく愉快だったに違いない。そうして得た金でオズボーンからパークを買ったのだ。ますます愉快になっただろう。しかも、いやなうわさが流れたせいで、アリントンとしては生活の仕方を変えたほうが得策だと見たところに、パークの買収がなされたわけだ。実際あの男は暮らしぶりを変えた。そうして現状のとおりこの国の地主の一典型となったわけだ。

以上のことがアプルビイの頭に浮かんだ。ついでに、ある余談めいた事柄——あまりだらだら考えるほどの価値はない事柄——も思いついた。アリントンはトリストラム・トラヴィスにもいたずらをしかけたのではないか。つまりトリストラムに対して、自分自身がすでに発見し、金銭面で役立った文書をあらためて入手する機会を与えたのだ。また姪っ子ホープとの仲をそれとなく取り持ってやりもしたのだろう。そうして、池にはもはや沈んでいない代物を手に入れる計画を立てる若い二人のようすを、じっとうかがっていたのだろう。研究生活が不本意なかたちで終わり、オーウェン・アリントンは時間を持て余していたから。

だが推理できるのはここまでだ。ジグソーパズルを想わせる複雑な状況の中心にいるのはオーウェンだ。間違いない。しかしパズルのピースが一つ欠けている。欠けた箇所はオーウェンその人のからだのど真ん中だ。自分が何をつまみ上げたいのかわかっているのに、アプルビイはテーブルを空しく見つめるのみだった。


「ここです」プライド大佐が言った。「あたりが暗くなってきたから偵察《レッキ》はしづらいが、雰囲気はおわかりでしょう。水面まではずいぶんあります。しかし落ちる途中で何かに頭をぶつけたかもしれない。妙な場所ですよ。本物に見せかけているだけの絶壁ですが」

「わたしも前に来たことがあります」アプルビイが廃墟と化した塔の土台から進み出て、池の黒い水面を覗き込んだ。「祝典があったときだ。ジュディスと二人でこの辺を歩きましてな、催しを観るのに飽きたから息抜きをしようとして。ここから落ちたらどうなるかなと二人で言い合ったんだが。ずいぶん早く遺体が上がりましたな」

「脚が水面から見えました。古い低木の裂け目に引っかかっていて。落ちたときには意識はなかったでしょう。あれば自分で脚をはずしていただろうから。自転車であそこの私道を走っているところをわたしの部下に目撃されています」

「実はわずか三時間ほど前まで我が家にいました。お茶を飲みにきて」

「ほう！」警察本部長は返事に困ったようすだ。「何かといえば他人の家に茶を飲みにいくんだなあ、連中は」あきれたように首を振った。「とんでもない事態だ、まったく。これで死者が三名か。とても事故とは思えない。いかがですか」

「たしかに事故とは思えない。しかしスクレープの件はなんともいえない。あの男はよく池の周囲をぶらついていたようですな。ジュディスとわたしを相手に、そんなことを長々と語っていました。この塔は何かの協議の場としては最適だな。人目につかないから」

「そのあとの立ち回りの場としてもですか？　しかし聖職者が巻き込まれるとは。誰がスクレープを殺すほど憎んでいたのか」わからんとばかりにプライドは首を振った。「むしろあの男は人にへつらうほうだろうに。いや、牧師《パードレ》はみなそうだというんじゃないが。なかには地の塩（マタイによる福音書第五章第一三節）に値する人もいる。そういえばダンケルク（フランス北部の港市。第二次世界大戦の際、英仏連合軍が独軍に攻撃されながら撤退に成功した土地）にも一人いましたね。一級品の人物だった。キリスト教精神の賜物でしょう」

「スクレープが身を滅ぼしたのは、本人流のキリスト教精神の賜物でしょうな」

「ほう！」プライドは予想どおり仰天した。「つまり無神論者に殺《や》られたということですか？」

「それはどうかな。あの男はいささか狂信的な構想を持っていました。どかんと大きな教会を建てるつもりだったのです。死んだのはなりふりかまわぬ資金集めの結果でしょう。邪悪な富（ルカによる福音書第一六章第九〜一三節）を追い求めていたが、うまくいかなかった」

「どうやら解決の手がかりをつかんでおられるようで安心しましたよ」警察本部長の声には心なしか不審な響きがあった。聖職禄《ろく》をはむ牧師が殺されるなんて、本来ありえぬことだと、プライドが感じているのは明らかだった。「屋敷に戻りましょうか」

「そうですな」つとアプルビイは池の先端の向こうを指さした。「私道の端はあの地点だ。屋敷からあそこまで電気が通っているかどうか、わかりますか」

「通っていないはずです。本道には街灯はないから。つまり車が曲がる地点が暗いのはけしからんと、お思いなんですね」

「まあ、街灯があれば事情はかなり違っていましたよ」アプルビイは振り返った。「夕空を背景にして城はくっきり見えるし。その点では屋敷も同じだ。アリントン邸は実際きれいなところだ。それが三件もの殺人によって汚されるとは残念ですな。どの事件も――いいたくはないが――長く人々の記憶に残るだろう」

「三件の殺人！」

「我々はこの現実と向き合うほかありませんな、プライドさん。もう死者は出したくない」

# 19

「まったくやってられませんね、こんな日は」アプルビイとプライドが玄関に近づくと、来合わせたアイヴァン・レスブリッジが言った。「最後の最後まで世話を焼かせて」相手二人がぽかんとしていることに気づいて付け加えた。「マーティンですよ、あんなまねをしでかして。自分から命を絶ったようなものだ。もちろん子どもたちはなんとなく気づいていました。ゆうべの話ですが。それから、あの田舎者もねえ。そして今度は地元の牧師と。いったいどうなっているんだ」

「お子さん方が動揺しているんですか」警察本部長がお義理に気の毒そうな顔をした。「かわいそうに。叔父さんのことが好きだったんでしょうね」

「そんなんじゃない！」レスブリッジはむっとした。「あの男が一族の持て余し者であることはうちの妻が子どもに教えていました。妻はきっちりした人間だから。まともな考えの持ち主で。ともかくわたしと結婚してからはね。妻の務めを果たすよう、わたしに仕込まれています」

とたんに耳をつんざく女の笑い声が上がった。むろん声の主は心身ともにたくましきチャリティ・レスブリッジその人だった。やはりちょうど玄関に入ってきたところだ。

「笑い事じゃないぞ」さすがにレスブリッジも妻のぶしつけなふるまいに気を悪くしたようだ。「子どもらの調子が悪すぎる。今日は我々二人、付きっ切りで指導したんです。それしか手はない。でもディグビーのトップスピンはユージーンの水準にも達しない。憂慮すべき事態だ。ジョージの子どもたちも同じです。二フィート（約六〇センチ）ほどのパットが入らないらしい。深刻な状況だ。一番伸びる年代なのに」あたりを見回した。「お、ジョージだ。もう荷物をまとめて出ていきたい心境ですよ。ジョージ、きみはどうだ」

「朝一番に」ジョージ・バーフォードがぐいと一つうなずいた。「今夜は荷造りをしてくれとフェイスに言っておいた。もちろん娘たちはもう寝ているが。実は午後に気になることがあったんだ」アプルビイのほうを向いた。「子どもらがつまらん遊びをしている場面を目にしましてね。暴力団員だか海賊だか、その手の人間に扮しているんです。ささいなことだがやっかいな問題に発展しかねないでしょ。わたしは自分の娘たちに無益な人生を送らせたくない。そうなったら自分が許せませんよ」

「つまり、三件の不幸な出来事がお子さん方の想像力をいたずらに刺激したとお考えなんですか」アプルビイがたずねた。

「そうです。うまいことをおっしゃるなあ」バーフォードは相手の豊かな語彙力を手放しでほめた。

「それからディグビーが」レスブリッジが口をはさんだ。「屋敷をうろついている若造と話し込んでいるところを見かけました。トラヴィスとかいうやつですよ、オックスフォードのどこかのコレッジを出たという。ホープのケツを追い回してやがる。あ、申し訳ない」妻に向かって、露骨な言い方をしたことをきちんとわびた——妻からはけたたましい笑いの返礼を受けた。「宝探しだかなんだか、そんな戯言《たわごと》をうちの息子にしゃべっていた。このトラヴィスって男、サー・ジョンはご存じですか」

「一度だけ話をしました。いささか軽薄で無責任な人間だという評が立つのは、うなずけますな。あるいは本人としては、ときおりはめをはずしてしまうというわけか。限度はわきまえているようだが。

あなたの義妹《いもうと》さんとはずいぶん違うタイプですな。しかし二人はお似合いかもしれない。さて、この辺で失礼。プライド本部長とわたしはアリントン氏を探していますので」

「書斎におりますよ」バーフォードが言った。「奥さまとオズボーンとかいうご老人と一緒に。今回の件のおかげで、なんともまあ有象無象が集まってきたものだ」

「まあ、まあ、お手柔らかに！」プライドが小声でたしなめ、アプルビイをともなって立ち去った。

「ずけずけ物を言う連中ですね。だがどうもちょっと……。あれでも都会ではふつうに通用するんだろうが、お上品な人々のなかに入ると、まずいだろうな」

アプルビイは相応の沈黙をもってこの酷評に応じた。それはちょっと違うだろと思う理由が見当たらなかった。


書斎にはカーテンが引かれていた。弱い光を放つ読書スタンドがあちこちに置いてある。部屋はまさに暗がりに消えてゆく同数の光のまとまりとして存在していた。おかげで実際よりも大きく見えた。アプルビイにとっては、オーウェン・アリントンいうところの打ち解けた差し向かい《テータ・テート》の話をして以来、二度目の入室だった。あれはしかし、わずか四八時間前のことだ。アプルビイは心のなかできっぱり言った。アリントン邸の怪事件（アガサ・クリスティの『スタイルズ荘の怪事件』〔一九二〇年〕のもじりか）は、ありふれた悲劇と同じく、太陽があと二度ほど昇ったり沈んだりを繰り返すうちにけりがつくぞ。

何千冊もの書物がずらりと並んださまは壮観だ。ホメロスやダンテやシェイクスピアの大理石の胸像もある。もっと上の天井に近いあたりには、同じく書斎にふさわしい他の人々の胸像も。どうやら、必要な場合にイギリス紳士が参照すべき折り紙つきの実力作家の作品を集めるようにと、初代オズボーン氏が指示を出していたようだ——そこで、フィレモン・ホランド（一五五二〜一六三七。イギリスの翻訳家）によるエリザベス朝作品の翻訳から、ベイルビー・ポーチェス（一七三一〜一八〇八。イングランド北西部の都市チェスターおよびロンドンの主教。奴隷廃止論者）の説教集までがそろった次第だ。そうしてあとを継いだオズボーン一族が、紳士には必携の諸作品を次々と加えていったのだろう。アプルビイは手に取ってみるまでもなく書名を想像できた——バドミントン・ライブラリー（スポーツ・娯楽関係の叢書）、バートン版『アラビアン・ナイト』（サー・リチャード・フランシス・バートン〔一八二一〜九〇〕による英訳版〔一八八五〜八八年〕）、ピアース・イーガン（一七七二〜一八四九。イギリスのスポーツライター）の『ボクシアーナ』（一八一三〜二八年。ボクシング関係の文集）、『虚栄の市』（サッカレー〔一八一一〜六三〕の長編小説〔一八四七〜四八年〕）や『コーンヒル・マガジン』（一八六〇年に創刊されたイギリスの文芸誌）や『パンチ』（一八四一年創刊の風刺漫画誌）の装丁本、エドガー・ウォーレス（一八七五〜一九三二。イギリスの大衆小説家・劇作家）の恋愛小説、『アワ・ヴァイスリーガル・ライフ・イン・インディア』（ダファリン・アンド・アーヴァ侯爵夫人〔一八四三〜一九三六〕が夫の任地先のインドから母親に宛てた書簡集〔一八八九年〕）のような分厚い回想録。たぶんオーウェン・アリントンはすべてを引き継ぎ、自身の財産としたのだろう。本人がどんな書物を好むのか、アプルビイには知るよしもなかったが。

部屋のようすは二日前の晩と変わらない。ラセラスはやはり黒い絨毯の上に寝そべっている。こいつ、体内には空気が詰まっているのかなとアプルビイは思った。休むときには自分で空気を少し抜くのか。それに、下等だが見た目の派手な海洋生物にも似ている。真夜中の海に無意識のまま漂う細長い触手からなる生物だ。いずれにしろラセラスは謎めいた事件には我関せずといったふうだ。自分が事件に関与していると周囲に思われてはいまいかと、そんな心もちらしい。

「これはどうも、アプルビイさん。奥さまには大変お世話になりました」歓迎の意を示すべく、アリントンがデカンターを手にしながら近づいてきた。「仕事はできるが興奮しやすい三人のイタリア出身のお手伝い女をなだめていただきましたよ。三人とも通いでね——二人は農家の人間で、一人は水上取締り官（八七頁参照）の妻です。みなエンツォの指示にもなかなか素直には従いません。第三の事件にはびっくりしていました。とはいえ我々が知るとおり、どれもが事件だったわけではないんだが」

アプルビイはウィスキーを受け取った。プライドもいったん受け取ったが、思い直した。自分が勤務中の警察官であることを思い出したのだろう。ジュディスはジンジャーエールらしきものを上品に飲んでいる。オズボーンが黙って腕組みして部屋のすみに座っている。不機嫌そうだ。なんといってもこの屋敷で生まれた男だ。幼いころはここの庭や池が遊び場だった。そんな屋敷が着実に殺人の舞台めいてきて、やるせないらしい。

「同感です。三件とも事件性があったとは思いません」アプルビイがアリントンに言った。「ですが、その点以外についても互いの見解が同じかどうか。一つお訊きしたいが、スクレープさんの死をどう見ておられますか」

「真相は明らかでしょ？」アリントンはデカンターを置き、中味を品定めするかのように自分のウィスキーグラスを持ち上げた。「自分自身を殺めたんです。一人ならず二人も死者が出たのが耐えられなかったに違いない。気持ちの不安定な人だったから。あの、これは初めて人さまに打ち明けることなのですが、最後のころは正常な精神状態にないなという気がしていました。まさかとお思いでしょうが、あの人は完璧なシトー会（一〇九八年、ベネディクト会の修道士らによってフランスのシトーに建立された修道会）の修道院を建てるという途方もない計画を立てていまして。ただ、どうやら修道士のなり手がいなかった」

「知っています」

「え、ご存じですか！」アリントンははっとしたようだ。

「亡くなる二、三時間足らず前に、妻とわたしは自宅でスクレープさんとお茶を飲んでいたんです。

そのとき計画について話を聞きました」

「それなら話が早い」アリントンがきっぱり言った。「あの人の頭がおかしかったことはおわかりですよね——奥さまにも」

「ある面では、たしかに。だからとて自殺したとは断定できないが。ところで、甥御さんが亡くなったのは国際的な陰謀のせいだと、今でも信じておられるのですか」

「いいえ」今度はアプルビイがはっとした。アリントンもそれに気づいたらしく、いったん間を空けた。「何もかも考え直す必要がありそうです」

「ノックダウンの件も、ということですか」アプルビイがたずねた。

「ええ。スクレープさんの件も。不幸な結果は単なる枝葉《えだは》の問題だという点を明確にしないと、という意味でね。この件については、言わせていただくなら、わたしは科学者の立場からいろいろ考えてきました。今日《こんにち》では警察もいわゆる科学捜査をおこなうべく——プライドさんに補足説明をお願いしたいが——努めているはずですがね」

「すでにやっておりますよ」プライドはむっとした。「理想的内容だとはいいませんが。それでも我が署には現代の最高水準にある捜査官がそろっている。わたしは部下を信頼しています」

「いやいや、誤解なさらぬよう。もちろんお宅の捜査官はけんめいに自分の技術を駆使して、最後には謎を解明したと判断できる段階に達するでしょう。同じことはアプルビイさんにもいえます。なにしろアプルビイさんのことは誰もが敬服している。ただ、どうでしょうね、この一件に関して警察は頂上まで行き着けるのかどうか。方法は科学的でも、それを活用するのはあくまで人間だから。わたし自身ずいぶん苦労したというのが本音です」

「真相に辿り着くことにですか？」アリントンのかなり傲慢な口調に内心アプルビイは驚いた。「つまり、活発に頭を働かせた結果、一連の謎めいた出来事の真相に迫りえたと？」

「おっしゃるとおりです、まさに」

「で、ごらんになるところ、最終結果――あるいは最新結果――は、殺人が二件と自殺が一件ということですか」

「あの、サー・ジョン」ことさらアリントンは慇懃《いんぎん》に言った。「失礼ながら、この件に関してあなたと語り合う必要はなかろうと存じます」

「わかりました」アプルビイは手にしているグラスを置いた。ジュディスとオズボーンはすでに立ち上がっている。「ご発言の趣旨はもっともです。こちらはなんの反論もありません。我々はすぐお暇しますが、どうぞ警察本部長にはご存じのことをお話しください」

「プライドさんにも話すつもりはありません」

あたりがしんとした――いきなりラセラスが心地よさそうな吐息を一つかすかにもらした。楽しい夢でも見ているのか。気まずい沈黙をウィルフレッド・オズボーンが破った。

「アリントンさん――少し話が脱線してはいませんかね。甥御さんが不幸な最期を遂げられた、と。だがあなたは真相をつかんだとおっしゃった。となると、要するに、あなたは事件を解決した唯一の人物というわけだ。ならば警察に情報を隠さずお伝えいただきませんと」

「情報を隠してはいませんよ。隠しているのは考察と推理の内容です。科学的な考察および推理ですかね。こういうものは誰にも説明する義務などない」

「あまり意固地にならんでくださいよ、アリントンさん！　どんな理由があって捜査に役立つ情報を隠しておられるんですか。我々は犯人当てや知恵比べをしているわけじゃない」

「恐縮に存じます、オズボーンさん。あなたにはいろいろお世話になっているのに」いきなりアリントンは苦悩を抱く男といった顔をした。「あなたは人を温かく受け入れたいという強い使命感をお持ちだ。いずれにしろ、今わたしの口からいえるのはこれだけです。すなわち、まことに申し訳ないながら、この不幸で悲惨な事態に、わたしはある人を——名前は挙げるわけにはいきませんが——巻き込んでしまったと。しかし、ご当人に対してはいうまでもなく、他の方々に対しても、さらなる不幸の源になるつもりはありません。今のような状況はもう終わりにしたい。マーティンは自分の車で災難に遭った。詮索好きのノックダウンは危ないおもちゃに手を出して、その代償を払った。不運なスクレープはこの二件の死に動揺して溺死した。いや、こう言いながら、自分では信じていないかもしれませんよ。とにかく話題にはしたくない。いずれにしろ、この国の検死官や警察官が到達できるのはせいぜいこの辺まででしょうね」

今度の沈黙は長引いた。ラセラスもかすかなうなり声で破ったりしなかった。と、そのとき、はじめは弱々しく、しかし次第に力強く、アリントン・パークで起きたと思われる騒ぎの音が聞こえてきた。この騒ぎは所有主の不可解な態度や発言とは無関係だった。まず寝室のある二階で起こり、次いで主階段を転がり落ちるように階下に及んだようだ。

それからまもなく、書斎はレスブリッジ家とバーフォード家に占領されたかのような様相を呈した。実際は双方の夫婦が飛び込んできたのみだったが。

「子どもらが！」アイヴァン・レスブリッジが叫んだ。「四人ともだ。みんないなくなった。連れていかれたんだ。ベッドに入る前に！」

「殺されちゃう！」フェイス・バーフォードがいきなり絶叫した。「殺されちゃう、殺されちゃうわ！」

# 20

しばらくのあいだ、ホープ・アリントンのせいでこの場はますます混乱の度を増した。ホープが居間に飛び込んでくるなり姉の顔を思いきりたたいたからだ。錯乱している者に対するやむなき措置ではあったが、家内の光景としてはいかにも気まずいものだった。それでも一定の効果はあった。フェイスは絶叫する代わりにしくしく泣きだした。

だがまあ取り乱すのも無理はないかなとアプルビイは思った。なにせ屋敷全体の雰囲気が怪しげだったので、何か思わぬことが起きると、すべて不吉に解釈されてしまいがちだったから。イギリス人としてまともな知力の持ち主には、三件もの不可解な死に直面すると、その現場にはどうも異様な神経の持ち主がいると思えるものだ。そんな状況で四人の子どもが急に姿を消したのだから、みなが取り乱しても無理はない。

「ミス・アリントン」アプルビイが言った。「トラヴィスくんは今どこにいますか」

「オックスフォードに戻りました」ホープはつっけんどんに答えた。「わたしもあの人も、もう無駄だとわかったんです。どちらにしても――あそこにあろうがなかろうが――自分たちのためにはならないって」

「おいおい、ホープ」オーウェンがあきれたように口をはさんだ。「いったいなんの話だ。謎かけめいたことを口走っている場合じゃないぞ」

「それは先ほどまでのご自身の話しぶりではありませんかな」アプルビイが言った。「ミス・アリントンのお言葉には大した謎はなさそうですが。ともあれお子さん方の問題に戻りましょうか。ミス・アリントン、トラヴィスくんは四人に何か話したのでしょうな」

「ええ。あそこの城に対する包囲攻撃の話をしていました。騎士党と円頂党との争いの話です。みんな夢中で聞いていました。ユージーンとディグビーなら、鍛えてやれば歴史家になれそうだなと、あとでトラヴィスは言っていました」

「歴史家⁉」立場上アイヴァン・レスブリッジは当然ながら驚きの声を発したが、次第に不機嫌な顔つきになり、やがて吐き捨てるように言った。「騎士党と円頂党だと？　くだらん！　歴史など戯言《ヒストリー・イズ・オール・バンク》〔たわごと〕にすぎないと、ウィンストン・チャーチルが言っている」

「ことによると出典が違うかもしれませんな（チャーチルではなくヘンリー・フォード〔一八六三～一九四七〕の発言）」アプルビイはやんわりと正した。「まあ、ともかく本題に戻りましょう。お子さん方を早く見つけないと。だがこの件は大した謎でもないだろう。ミス・アリントン、トラヴィスくんは調子に乗って例の財宝の話もしたんでしょうな」

「そうでしょうね――したってかまいませんでしょ」

「そりゃ、もちろん。だがね、一方に、トップスピンがどうのこうのと説教されて、うんざりしている元気一杯の少年が二人いる、と」――当然ながらむっとして口を開きかけたレスブリッジ夫妻の機先を制すべく、アプルビイはすばやく手を上げた――「それから夢見心地の二人の従妹も一緒だ。おそらく今このとき、四人は城のなかで楽しいときを過ごしているのだろう。あるいは城でなければ敷地のどこかで。誰かがようすを見にいったほうがよさそうだ」

「もう外は真っ暗よ」ジュディスが言った。「月が出るまでにまだ時間があるし」

「うむ、懐中電灯が必要だな。多ければ多いほどいい」アプルビイも応じた。「ただ慎重に行動しないと。こちらが派手に声を上げたりすれば当人たちは警戒するだろう」アリントンのほうを向いた。「ラセラスにも頼んだほうがいいですかな。力になってくれそうですが」


「きみのいうとおり、子どもたちをやたら驚かせないほうがいいな」屋敷を出ながらオズボーンがアプルビイにささやいた。「わたしがあの年代の子の親なら、あんな廃墟は立ち入り禁止にするよ」

「城は危険なところなのか?」

「そう認めざるをえないね。堀まで急斜面になっている箇所や、石工でさえよじ登っている最中につまずきそうな箇所もちらほらあるし」

「なるほど。で、いかにも賢きトラヴィスくんなら思いつきそうな事柄が少年少女に吹き込まれたわけか。外は真っ暗だとジュディスは言っていたが、違うな。空はからりと晴れているし、目が慣れてくれば星明かりで十分だ。子どもたちも懐中電灯を持っているだろうから、それも役立つだろう。ちらりと明かりが見えたら、相手を刺激しない程度に音を出して、こちらの存在を知らせればいい」

「ジョン、あなたなの?」暗闇からジュディスの声が聞こえ、すぐに本人がやってきた。「こちらの人数、少し多すぎない?」

「そうだな。だがみんなじっとしていられんだろ」アプルビイはまわりで揺れるいくつもの懐中電灯の明かりを見回した。「一〇人か。少し仰々しいな。二手にわかれようか」

「城はほかの連中に任せてよさそうだ。トミー・プライドがうまく仕切ってくれるだろう。そういうのはお手の物だ」

「うむ――必ずしも本人いうところの〝偵察《レッキ》〟（一八八頁参照）ではないが、似たような行動だしな」アプルビイは即断した。「我々は三人で私道を進もう。ウィルフレッド、どうだね」

「それがいいな。わたしもそう提案するところだった。マーティン叔父さんが溺死した現場を子どもたちが知っているなら――」

「連中は大して事情を知らんだろうよ」

「ふむ。まあ、とにかく池の先端は連中には不健全な魅力を発揮する場所かな」

「ロマンチックな魅力もね」ジュディスが口をはさんだ。「トラヴィスさんは、財宝の話を長々としていたとすれば、橋の近くあたりの池の底に沈んでいることも教えたかもしれないわ。もし自分自身で位置を確認していたら、おもしろがってユージーンたちにも同じことをやらせたかもしれない。べつに無責任な行動だとも思わないでしょうね」

「とにかく急ごう」そう言いながらアプルビイはその場でくるりと振り向いた。「ここにラセラスという名の第四の存在がいればな。今ごろ我々の片割れを城まで導いてくれているだろう」

「そうね」ジュディスが答えた――そうしてつぶやいた。「第四の存在が来たわよ、人間だけど」

オーウェン・アリントンだった。いつの間にかすぐそばまで来ており、アプルビイたちを確認すべく手にしていた懐中電灯をさっと照らした。

「計画の変更ですか？」アリントンが声をかけた。

「我々は私道を進んでいるところです」アプルビイが答えた。「池のほとりの道をね。外の通りと橋の地点まで。子どもたちはあの辺にいるかもしれない」

「そうですかね。でもまあ、おともしますよ。大勢で騒ぎ立てるまでもないだろうが。敷地のなかに犯罪者が潜んでもいまいし」

「先ほどのご発言とは違いますな」アプルビイが言った。

「わたしの先ほどの発言など忘れてください。子どもたちはただ悪ふざけしているだけですよ。危険な目には遭わないでしょう」

「オズボーンの話では城はかなり危険なところとのことで。池の深い場所も同じでしょうな」

「まあそうでしょう」暗闇にアリントンの声が空々しく響いた。「しかしユージーンとディグビーは分別の点では申し分ない少年です。頭もいい——これは驚くべきことですよ、なにしろ両親の知力があの程度ですから」馬鹿にしたような口ぶりだ。「あの二人なら従妹たちを危ない目に遭わせはするまい。ともかく、わざとはね。もちろん偶発的に何か起きないとは限らないが。軽はずみなまねをしていて、相手を死なせてしまうのは誰にでもありうる——自分でも気づかぬうちに」

この妙な発言の直後から沈黙の時が流れた。四人は本道に向かって私道を急ぎ足で歩いた。アプルビイが左の肩越しに視線を送ると、今や城のそばまで来ている一行の懐中電灯の光がちらちら揺れていた——城の輪郭も夜空を背景に浮かんでいるのがかすかにわかった。アプルビイは足を止めて振り返ると、進んできた私道を見すえた。屋敷も視野に入るはずなのだが、テラスで曲線を描いているいくつもの明かりのせいで消えている。自分は少なくともマーティンの死に関する謎の核心には目を向けているはずだと、アプルビイは心のなかでつぶやいた。だがこれはもうわかっていることだ。とはいえ、わかっていながらなんの役にも立たない。ジグソーパズルの最後のピースが見つかって、空いた箇所を埋めるまで、そんな状態が続くだろう。

「何か聞こえた気がするが」オズボーンが言った。

「あの子たち、キャンプファイアをしているのよ」ジュディスが足を止めた。「邪魔するのはかわいそうじゃない？」くすくす笑った。「ジョン、うちの子たちも昔よく同じようなことをやっていたわね」

「お孫さんたちも遠からずやるだろうね」オズボーンはジュディスの腕に手を置いた。「おじいちゃんとおばあちゃんは親以上にはらはらするんだろうな」男やもめの見識を披露して、心地よさそうに少し間を空けた。「アリントンさん、どうですかね」

「わかりませんね、人の親ではないから。あなたと同じく」暗闇にアリントンの声が意外なほどとげとげしく響いた。「ともかく子どもたちの悪ふざけは止めないと」

「そのとおり」アプルビイが応じた。「わたしも悪ふざけは嫌いです。ただし、手遅れになる前に止めるべきなのは悪ふざけだけではない」


　こじんまりしたキャンプファイアだった。雑多な燃料のなかに、謎めいた事件や酷い事件が起きた場合、警察が野次馬の目に触れぬようにと、現場を囲うためによく用いる編み垣が何個かあることにアプルビイは気づいた。燃え上がる火の両側にバーフォード姉妹がそれぞれ座っている。サンドラはナイトガウンを着て乗馬ズボン《ジョッパーズ》をはいている。ステファニーはクリケット用のシャツと短パンという格好だが、短パンは大きすぎる。この場のために従兄のどちらかから借りたものだろう。ディグビーが池のほとりに立っている。前日に大人たちのひんしゅくを買ったリチャード・サイファスたちとは異なり、きちんと水着をはいている。だがなぜか泥まみれだ。と、そのとき、ばしゃんという水の音やはあはああえぐ声が池から聞こえたかと思うと、まずユージーンの頭が、次いで右腕が、みんな見てくれとばかりにぐいと水面に現れた。ユージーンは古い長靴の片方らしい品物をつかんでおり、そのまま岸に勢いよく上がると、草の上にあえぎながら転がった。やはり水着をはいており、泥まみれになっている。いずれにしろ、この子は均整の取れた体格の若者に育っていきそうだなとアプルビイは思った。いやでもウィンブルドンの〝牢獄〟に入って、激しい戦いを経験せざるをえまい。試合後にはネットを飛び越えて、負かした相手と握手をするのだろう。センターコートを去るときには、貴賓席にいる王室の方々に向かってひょこりと頭を下げるのだろう。そうしてテレビ局のインタビュアー連中を相手に、ぎこちなく控え目に感想などを語るのだろう。だがまだ現在は財宝を探そうと池に飛び込む少年にすぎない。

「やあ」アプルビイは明るく声をかけた。「何かいいものがあったかな」

「この池にはなんでも沈んでるんです」答えたのはディグビーだ。ユージーンは死にそうなほど息を切らしている。偏屈な両親がいない場では、ディグビーは物静かで礼儀正しい少年なのかもしれない。

「大したものはまだ見つかってないけど、期待できますよ」

　収穫物が水泳で使うタオルの上にきちんと並べられている。死んだ魚。蹄鉄。ディグビーは大事そうに蹄鉄を拾い上げて顔の前にかざすと、中古だけどまだ使えそうだなと言った。ほかにもわけのわからぬかたちをした鉄の品物がいくつかあった。意識のはっきりしてきたユージーンも、ここにあるのだって宝物になるよときっぱり言った。博物館にでも売れそうなぐらい年代物の瓶が数本ある。笛も一つあった。残念ながら警察やボーイスカウトが成立するより前にできた品物には見えないが。ディグビーが思い切り吹いてみたが、音は出なかった。硬貨が一枚ある。サンドラが力を込めて磨いている。しばらくしてそれを手渡されたアプルビイは目を丸くした。なんとエリザベス朝時代の一シリング硬貨だ。

「〝掘り出し物〟だね。これだけでも今夜の努力が報われただろ。深く海にもぐって仕事をする人は、あまりだらだら水に浸かっていないそうだ。ほら、ラセラスがお迎えにきたよ」

たしかにラセラスの姿が見えた。ふだんは山のごとくどっしりしている犬が私道を全速力で駆けてきた。たぶん警察本部長たちの一団を置き去りにしたのだろう――廃墟となった城のあいだで、いくつもの懐中電灯が揺れているのがはっきり見える。

「こっちは順調にいっていると、向こうの面々に知らせたほうがいいな」オズボーンが言った。「今からわたしが行ってこようか」

「それがいい」アプルビイが応じた。「ジュディスもみんなやラセラスと一緒に屋敷へ戻るだろう。明日も宝探しは続くんだろうな。ユージーンやディグビーが水にもぐるところを見てみたい。年上の子にもあまりひけを取らないに違いない。わたしはアリントンさんともう少し敷地を見回ってから帰るよ」

すぐさまこの発言どおりに事が運ばれた。そうでなければならない――なにせ子どもたちは、大人連中に自分たちの領域を侵されたことに不信感を抱いていたはずだが、今はいちおう分別ある存在として扱われ、自らもそうふるまおうとしているのだから。暗闇のなかで二人だけになったアプルビイとアリントンはしばらく無言だった。

「今夜の収穫を屋敷まで持っていきますかな」アプルビイが口を開いた。「それぞれ興味深い点がある」

「魚は必要ないでしょう。でもたしかにエリザベス朝時代の硬貨は貴重だ」

「池の底には硬貨がいくらか散らばっていそうだが、とにかく一枚だけでも回収できれば大成功だ。少年たちはよくやってくれましたよ」アプルビイはここでまた口をつぐみ、私道の先にある明かりに照らされたテラスにじっと目を向けた。「単純な話だ」静かに言葉を継いだ。「単純きわまる。事情がわかってみれば。一二時と二時、と」

「なんのことですか」

「事物の位置を確認する方法です。昔あなたも教わったでしょ。憶えておられませんかな。たとえば予備将校養成団《O・T・C》で。まっすぐ先に屋敷がありますな。あそこを一二時とする。それから城は——我々を除く一行がいまだ懐中電灯を手にしてそばをうろついているが——ほぼ二時の位置にある。池の斜向かいだ」

「それはわかりますが。要するに、マーティンが死んだ夜に何が起きたか自分にはわかると、そうおっしゃるんですか」

「そうです——あなたが歩かれた跡を辿ったにすぎんのだが。あなたご自身、同じ見方をしていると言っておられましたよ。で、それを口外しないでおくと。まあいずれ真相はもれてしまうだろうが」

「必ずですか」

「もちろん」

「ああ、まずい。悔やんでも悔やみ切れない。わたしはどれだけ責められても仕方ない」妙なことをつぶやきながら、アリントンはたばこ入れを取り出して開けると、たばこを一本アプルビイに勧めた。

「やりませんか。煙のおかげで虫除けになる。穏やかな夜だ。今の件はじっくり話し合って、それから屋敷に戻りましょうか」

「よろしい」アプルビイはたばこを受け取った。「とことん話し合いましょう」

第一の門が道端でかすかに光っている。アプルビイはそこへ近寄り、腰かけた。もうくつろいでもいいだろう。謎はすべて解けた。これ以上、不測の事態は起こりっこない。

「あなたがわたしの甥を殺したんだ」オーウェン・アリントンが言った。

21

一瞬あたりがしんとした。ひっそりした夜だ――アプルビイがアリントンの書斎で、ありがた迷惑にも長々ともてなされ、帰るに帰れなかった夜と同じく。フクロウやカエルの鳴き声も聞こえない。物音一つしない。

「わたしはノックダウンやスクレープも殺しましたかね」アプルビイは言い返した。この狂った男は武器でも隠し持っているのかなと、ふと思った。危ない気配を察したら、すぐつかみかかってやろう。

「いやいや。ノックダウンが死んだ件は、不法侵入者に対するいわば天罰です。それはわかっている。スクレープの場合は、本人が心身ともに疲れていたんですね、午後中はしゃいでいたうえ、知人が災難に遭った。おまけにあの男、ひどい妄想に取りつかれていた。自分で池にはまったんですよ――運転の途中で何かに頭をぶつけたせいで」

「ではわたしが殺したのはマーティンだけか。しかし当初あなたは違うことをおっしゃっていましたな。スパイだの国際的な陰謀だのの話をされていた。わたしを守るためですかな」

「ええ、もちろん。お客さまの気分を害すまいとしたわけです」

「なるほど」アプルビイはふうっと息を吐いた。「当の客が殺人者でも?」

「殺人の可能性はないというのはあなたも十分ご承知のはずだ。わたしとしては、いちかばちかの戯れをするなかでそう暗示したつもりです。それだけじゃない。ソン・エ・リュミエールの跡をお見せしたことも意味があった。あなたに犯人を捕まえてほしいと求めることは無駄——としか言いようがない——だった」

「そうおっしゃっていましたね」

「あなたは真相をわかっておられる。一二時と二時とおっしゃったとき、わたしにはぴんときました」アリントンは振り向いて指さした。「暗いなか、この私道に勢いよく入ってくると、真正面にあるテラスの明かりが目に入りますね。つまり一二時だ。夜間によくここを利用する者なら誰でもその心づもりでいる。だが明かりが消えていて、城の前でほぼ同じように並んでいる明かりがぱっとついたとしましょう。それが二時だ。反射的に、とっさの判断で、そちらの方向へ車の向きを変えるでしょう。このためマーティンは池に飛び込んでいったのです。アプルビイさん、繰り返しますが、わたしは悔やんでも悔やみ切れない。あなたをうらみますよ、なぜあんなことをなさったのか——まったく悪気はなかったにせよ」

「まことにありがとうございます」アプルビイの口調は堅苦しかった。「たしかにわたしはスイッチを入れた——光が池を飛び越え、城の前を通り過ぎてテラスまで行くように。あの、テラスの明かりがあんな具合についていた時間はどれぐらいか、おわかりですか」

「しばらくのあいだでしょう」

「そうですかな。またたく間に城が燃えるような効果が現れていた。あれなら誰も車のハンドルを切りますまい」

「それはほとんど影響ありませんよ。とにかく恐ろしい偶然だった。あなたがスイッチを入れてからマーティンが私道に入るまでは、一瞬の出来事だったかもしれない」

「そうじゃない」アプルビイは立ち上がった。それからの数分間のあいだに、話した方が安全だと判断した。「一五分から二〇分近く早かったのです」


「あなたには風変わりなところがありますな」アプルビイが言った。「法外なほど悪ぶったところも。しかも芸人まがいに人を喜ばせようとなさる。ご自分でもあっさりそう認められた。もちろん物理学者としては最新の研究水準に遠く及ばない。しかし――これもご自身によれば――今でもささやかな企画に取り組んで楽しみを得ているという。あなたはソン・エ・リュミエールを〝ガラクタの山〟と呼びながらも、飾りつけには大いに努めたと付け加えておられた。それはそのとおりです」

「どうもこの話し合いはあまり好ましくない方向に進んでいる気がするな」

「おそらくそうですな。だが急停止しないほうがいい」先ほどからアリントンが何度か右手でポケットのなかを探ろうとしていることに、アプルビイは気づいていた。「事故を装ってわたしを池へ沈めることはできませんよ。それにほかの手段も役立ちますまい。話を続けてもよろしいかな」

「どうぞ」

「常々あなたは扱いづらい甥っ子から脅迫されていた。ご自身ではうまく逃れたと信じていた醜聞に関して、相手はあなたには命取りになる情報をつかんでいた。そして自分を跡継ぎにしろと迫った。さらに察するところ、財宝の一件も知っていて、強引に自分の分を取ったのだろう。だから、こいつは生かしておけんとあなたは心に決めた――始末する場所はあの池だ。ただ困ったことに、この私道の先端には電気が設置されていない。屋敷からこんな遠くまで目立たぬように電線を延ばすのは危険すぎるだろう。だが屋敷や城については事情は別だった。ソン・エ・リュミエール用の機材がごちゃごちゃ置いてあるなかでは、自分のやりたいことがやれそうだ――しかも、一時間そこそこで痕跡をすべて消し去れるに違いない。ところであなた、ノックダウンとはどんな経緯《いきさつ》で知り合われたのですかな」

「ノックダウン？　いきなり話が飛びますね！　あの男も今のおとぎ話に関係があるんですか」

「あなたはノックダウンと面識があった。そのことはスクレープも――あなたには不運ながら――承知していた。だがそれはひとまず置こう。あなたはノックダウンを共犯者に選んだ。あとの始末は実に簡単だった。もちろん共犯者を死に至らしめるのも。あの男は、自分の仕事をした際、あなたの指示を受けて――なにせ性格がすなおで、知能が低かったのでね――展望台まで進んでいき、ベンチの下に隠されていたスイッチを操作した。で、命を落とした。その後、あそこへ最初に上がったあなたとしては、倒れている共犯者を人目につかぬよう少しばかり動かせばよかった。わたしを使って偶発的に甥っ子――もちろんすでに息絶えていた――をあの世へ送ったことにしてから、初めてあなたはノックダウンの存在に気づいたふりをした。あの男は即死していたし、あなたに不利な証拠を残しているはずもない」

長い沈黙が訪れた。池の黒い水面が星明りをいくつも反射している。池の向こうでは懐中電灯のちらちら揺れる光が屋敷へ近づいている。城を担当していた一行が戻ってきたのだ。オズボーンは万事うまくいっているという知らせを一行に伝えてくれたに違いない。

「ラセラスは実によくしつけられた犬ですな」アプルビイが言った。

さらにまた沈黙が続いた。やがて、はあっと息を呑むような声がした。一瞬アプルビイは自分の前にたたずんでいる男の口から出た声だと思った。が、それは池から聞こえたのだ。もぐっていったユージーンとレスブリッジに掻き乱された泥の底から、ときおりぶくぶく泡が浮かんでき、水面でぱちんと割れた。

「間合いが問題の鍵だった」アプルビイが言った。「時間が妙なふうに作用するのをわたしはぼんやり意識していた。同時に、絶妙な計算によって終始うまく操られていた。わたしだけのことではないが」

「先ほどラセラスに関して何かおっしゃいましたか」アリントンがたずねた。

「ええ」アプルビイはからだをかがめて、ユージーンとディグビーのささやかな拾得物を見た。「ここに鍵がある。いや、鍵じゃない。笛だ」

「笛だってことはわたしにもわかりますよ」アリントンも顔を近づけた。「ただの笛だ」

「素直なノックダウンは、指示に従うなかで、笛を使い終わるなり池に投げ込んだ。ところが――ほとんど奇跡だ――少年たちが池の底から拾い上げたのです」

「なぜノックダウンは笛なんか使ったのですか」

「あなたへの合図ですよ、マーティンの車が近づいてきたという」

「何をおっしゃる。あなた正気ですか。あなたの説明だと、マーティンが私道に近づいてきたとき、わたしたちは書斎にいたそうだ。あなたもわたしも笛の音《ね》は聞かなかった――笛に限らず、なんの音《おと》も」

「たしかに。しかしラセラスには聞こえた。そういうたぐいの笛の音《ね》だった。先ほどディグビーが吹くところを目にされましたね。ところが我々にはほとんど音は聞こえなかった。ところがラセラスは聞きつけた――城のそばにいたにもかかわらず。で、すぐさま駆けてきたのです」

「甥を殺したのはラセラスですか？」

「あの手の笛はコウモリのキーキーいう鳴き声と同じ音色を出すように作られています。音調《ピッチ》が高すぎて少なくとも人間の大人の耳には聞こえない。だが犬は聞き取れるし、訓練次第でとっさに反応できるようになる。今では公園でああいうおもちゃを使っている人をよく見かけます。それはさておき、あなたは書斎で、無意識のうちに何かを期待するように何度もラセラスに目を向けておられた。そうしてその瞬間が訪れた。ノックダウンが合図をしてきた。ラセラスはのっそり立ち上がり、戸口へ向かった。あなたはエンツォを呼び出すと称して――本人の不在を知りながら――呼び鈴を押した。するとテラスの明かりが消え、城の明かりがついた。それからおそらく五、六分後、逆に城の明かりが消え、テラスの明かりが再びついた。あなたにはたやすい仕掛けだ。当夜の、さらには翌朝の事態の痕跡をすっかり消すことも、あなたなら簡単にできただろう。ノックダウンは死んだ――手抜かりなく後始末をしたから、警察が自分に疑いの目を向けたりはすまい。マーティンの遺体が上がるころには、ソン・エ・リュミエールという催しも跡形なく消えていた。そんななか、あなたにとってはスクレープの存在だけが頭痛の種だった。自分がノックダウンに関して嘘をついていることを知られていたから。あの男は策略を見抜いた。しかしあなたはもう脅迫されるわけにはいかない――シトー会の修道院のためにも。そこであなたは池のまわりを散歩しながら穏やかに話し合おうと持ちかけた。余談ながら、わたしに対してもここで話し合おうとおっしゃいましたな。しかし、申し上げたとおり、それは功を奏しません。わたしを池に沈めることはできん。できるとすれば銃で撃つのみだ。一発ズドンと放って逃げよう――しばらくしてから、そ知らぬ顔でプライドの部下たちと対面しよう」

「そろそろ屋敷へ戻りましょうか」アリントンはからだの向きを変えた。「わたしたちと対面しよう「わたしたちがどうなったのか、みんな気にしているかもしれない」

「そうですな、戻りましょう」

「あ、そうだ、アプルビイさん、わたしは先にぶらぶら行っていますよ。あなたはご興味をお持ちの場所をもう少しごらんになりたいでしょうから」

妙な空気が流れた――うむ、おれはもう現役じゃないぞと、アプルビイは自分に言い聞かせた。

「ええ、そうします」

アプルビイは第一の門にまた腰かけ、池をじっと見た。二分ほど経ったころ、銃声が聞こえた。アプルビイは立ち上がり、音のしたほうへゆっくり歩きだした。謎の事件は終わった。

# 訳者あとがき

本書はマイケル・イネスによるサー・ジョン・アプルビイ物の長篇探偵小説第二〇作、*Appleby at Allington*（Dodd, Mead & Company, 1968. アメリカ版の題名は *Death by Water*）の全訳である。底本には Perennial Library 版を使用した。

ロンドン警視庁《スコットランドヤード》の警視総監を務めた（「終わりの終わり」、『アプルビイの事件簿』大久保康雄訳、創元推理文庫、二八八頁参照）のち、退職して今はロンドン近郊で悠々自適の暮らしをしているアプルビイが、自宅からほど近いオーウェン・アリントン邸に招かれ、当主アリントンと差し向かいでひとときを過ごした。が、そのころ敷地内では身元不明の男が命を落としていた。

また翌日には、同じアリントン邸で慈善目的の催しが開かれているさなか、当主の縁者がどうも悲運に見舞われたかに思われる。そうしてさらに別の人物もまた……。

いずれの場合も、事件なのか事故なのか、あるいは自殺なのか判然としない。すでに現役ではないアプルビイは、真相究明に動こうにも動きにくい。いや、むしろ思うところあってなかなか動く気になれないというべきか。しかしながら、ある一件に関して事件説を唱える妻のジュディスに尻を叩かれたこともあり、ようやく重い腰を上げた。

はたして三件の真相はどういうことなのか。地元警察の本部長との心理的な駆け引きもまじえ、アプルビイは考えを巡らせてゆく。

イネスのアプルビイ物では、重要な登場人物の数が多いことがままある。第一作『学長の死』（一九三七）からしてアプルビイや警察関係者を除いても二〇名近いし、第二作『ハムレット復讐せよ』（一九三七）では三〇数名にのぼる。第四作『ストップ・プレス』（一九三九）でも後者と似たようなものだ。

その点『アリントン邸の怪事件』では、事件のまわりにいる者たちの数はそこまで多くない。本書の主要人物表には、それでもアプルビイと妻ジュディス以外に一七名を載せたが、実のところ、事件とはとくに関係ないだろうと一見してわかるような顔ぶれも含めた。いずれ劣らぬ〝変わっていて楽しい〟面々だからだ。それが誰なのかを記すのは、もちろんネタバレにつながりかねないから控えるが、多彩な個性派そのものの内訳を紹介するのはかまうまい。たとえば、妙な副業に励んだ過去を持つらしい元科学者や、言動がとぼけていて常識はずれな聖職者、腹に一物ありそうなお調子者の若き歴史学徒……。当のアリントン一族も、アプルビイとも因縁のある素行不良とおぼしき男や、何かとけたたましい笑い声を上げる女など、おかしな者たちの集まりだ。それだけではない。アリントンの愛犬までもが、実にとぼけたいい味を出して、ロンドン近郊の小世界を盛り上げるのに一役買っている（このイヌは本筋でも重要な役を割り振られている）。謎解明の鍵を握る奇人変人が多く出てくる探偵小説といえば、マージェリー・アリンガムの『葬儀屋の次の仕事』（一九四九）を忘れてはなるまい。しかし、イネス作品における多くの例と同じく『アリントン邸の怪事件』を彩る面々は、重厚な物語性そのものも本質をなしているアリンガム中期の秀作とは趣を異にし、深刻な問題など何も存在しないかのように、あくまで軽やかな持ち味を発揮している。

ソン・エ・リュミエールという非日常的な催しから物語は始まるが、奇をてらった展開に頼ることなく、あくまで日常性に満ちた時空間のなかで、事件性不明な問題の真相をアプルビイが地道に、かつさりげなく探ってゆくというかたちを採っているため、展開が滞っているとか、叙述が単調に流れているとか、読者のなかにはそんな印象を抱く向きもあるかもしれない。いわばフレンチ警部を主人公とするクロフツ作品を想わせるようだなと。しかし、ある財宝の存否をめぐって、アリントン一族の歴史が清教徒革命当時にまでさかのぼって語られたり、前述の歴史学徒に思わぬ〝お相手〟がいることが明らかになったりと、見どころは随所に設けられている。アプルビイ物の長篇第九作『証拠は語る』（一九四三）の場合に準ずるほど、「数々の古典文学からの引用」（「訳者あとがき」より。今井直子訳、長崎出版）が登場人物の口から飛び出るのも興味深い。ついでながら、清教徒革命については『ハムレット復讐せよ』でもわずかながら言及されている（滝口達也訳、国書刊行会、一四頁）。

また、後期のアプルビイ物で主要人物の一人となる州警察本部長プライド大佐が初登場する点でも、本書の存在意義は大きい。かぶっている帽子も着ている服もなぜか同じで、おまけに「背丈もまったく一緒」であるゆえに、互いに互いを「うさんくさそうに見」てしまう（本書第1部（6）参照）アプルビイとプライドは、しかしこれから親友同士になってゆくことが予感される。実際そのありさまは、どうやら長篇第二六作 *Appleby's Other Story*（1974）にじっくり描かれているようだ。

本書にはもう一つ、特筆すべき魅力がある。アプルビイ夫妻のあいだで何度もおこなわれる会話だ。おおよそほのぼのとしていながら、ときにぴりっと辛みも効かせた二人の言葉のやりとりは、読みごたえ十分だ。思わずほおがゆるむところも少なくない。内容は、しかしながら、単にほほえましいというだけではない。妻ジュディスは、真偽不明の出来事に関する対応策をめぐって、自ら動きだすことこそあまりないものの、夫と堂々と渡り合っている。その口吻は傲慢なところは決してないとはいえ遠慮を知らず、読み手としては爽快になるほどだ。

　ジュディスはほかのイネス作品にもよく登場する。短篇では『アプルビイの事件簿』（大久保康雄訳、創元推理文庫）所収の「家霊の所業」や「終わりの終わり」などがある。長篇では、訳注（本書「4」参照）でも触れたアプルビイ物の長篇第一〇作『アプルビイズ・エンド』や、長篇第一三作『盗まれたフェルメール』（一九五二）という「論創海外ミステリ」収録二作をはじめ、わたしは未読だが、第一七作 *Silence Observed*（1961）や、第一八作 *Connoisseur’s Case*（1962）、第一九作 *The Bloody Wood*（1966）といったところがあるようだ。

　探偵活動に励む夫婦といえば、まず思い浮かぶのはアガサ・クリスティ作品のトミーとタペンスだろうが、これはあまりにおなじみの二人なのでここで取り上げるまでもない。ほかに、妻が夫顔負けの存在感を示す例として忘れがたいのは、ニコラス・ブレイクによるナイジェル・ストレンジウェイズ物に出てくるジョージアだ。ナイジェルとジョージアは長篇第二作『死の殻』（一九三六）で知り合った。そうしてジョージアは長篇第五作『短刀を忍ばせ微笑む者』（一九三九）で本格的に活動する。名のある探検家として世界各地を渡り歩いてきた三七歳のストレンジウェイズ夫人は、知人であるロンドン警視庁の大幹部から、イギリス政府の転覆を図る某ファシスト組織に潜入して、頭目の正体を突き止め、陰謀の詳細を探ってくれと頼まれる。その三面六臂の奮闘ぶりについては、やはり「論創海外ミステリ」におさめられた当該作（井伊順彦訳）で知ることができる。『アリントン邸の怪事件』のジュディスとは、ひと味もふた味も違うジョージアのけなげな人となりが愛らしい。ちなみにジョージアは、長篇第八作『殺しにいたるメモ』（一九四七）において、第二次世界大戦中の空襲で命を落としていたことが明かされる。早すぎる死というほかないが、その点ジュディスは、むしろ年を重ねてからの賢夫人ぶりがなんとも味わい深い。

物語の展開で中核となる存在は、アリントン一族の某人物だ。ところが、どういうわけかこの人物がなかなか登場しない。まるでサミュエル・ベケットの異色の戯曲（一九五二）で、二人の男から何度も到来を予告されながら、いっこうに姿を見せない話題の主のようだ。期待して待っているこちらは、しだいにいらいらしてくる。ああ、アリントン一族の〝ゴドーさん〟は、いったい今どこにいるのか。アプルビイにとっても、まんざら知らぬ顔ではなさそうなこの者は、オーウェンにも目をかけられているようなのに。こういう思わせぶりなところは叙述面での本書の特徴だろう。たとえば、様々な出し物や邸内の池、アリントンの愛犬といったいくつもの道具立てには、さりげなくも小さからぬ意味がひそんでいるが、いつのまにか池が濁ったのはなぜなのか、語り手はなかなか教えてくれない。こちらはもどかしい思いを抱えつつ頁を繰らねばならない。しかし、こういうところがクセになるのだ、イネス愛読者としては。

肩の力が抜けた装いながら、だらけた感じとはほど遠い本書は、後期イネスの腕の冴えを十分に示している一品だ。

本稿「訳者あとがき」を締めくくるにあたり、述べておかねばならないことがある。本書は二〇〇七年に長崎出版の海外ミステリシリーズ《Gem Collection》所収の一冊として刊行された『アリントン邸の怪事件』の復刊である。誤訳と思われるところを改め、読みやすさなどを考えて訳文をかなり書き換え、ほぼ新訳に近い仕上がりとなっている。本稿もあらためて草した次第だ。

本書をこうして再び世に送り出せるにいたったのは、イネス作品に対する人気の高まりという背景があるのはもちろんながら、論創社編集部の黒田明氏の慧眼と英断によるところが大きい。深謝したい。それから、外部チェッカーの平岩実和子さんには、わたしが意識していなかった用語・用字の問題で、有益なご提言をいただいた。同じくお礼申し上げたい。

トマス・ハーディ研究者など、様々な顔を持つイネスの探偵小説家としての魅力は、我が国ではまだ伝わり切れていないかに見える。生まれ変わった本書が、来たるべきイネスブームの一翼を担えれば、と心から思いつつ筆をおく。

〔著者〕

マイケル・イネス

本名ジョン・イネス・マッキントッシ・スチュワート。1906年、スコットランド、エディンバラ生まれ。オックスフォード大学を卒業後、リーズ大学で講師として英文学を教え、アドレード大学に赴任後は英文学教授として教鞭を執った。36年、渡豪中の船上で書き上げたという「学長の死」で作家デビュー。46年にオーストラリアより帰国し、クイーンズ大学やオックスフォード大学で教授職を歴任する。94年、死去。

〔訳者〕

井伊順彦（いい・のぶひこ）

早稲田大学大学院博士前期課程（英文学専攻）修了。英文学者。主な訳書に『英国モダニズム短篇集 自分の同類を愛した男』（風濤社、編訳）、『ワシントン・スクエアの謎』（論創社）など。トマス・ハーディ協会、ジョウゼフ・コンラッド協会、バーバラ・ピム協会の各会員。

アリントン邸《てい》の怪事件《かいじけん》

——論創海外ミステリ 218

2018年9月20日　初版第1刷印刷
2018年9月30日　初版第1刷発行

著　者　マイケル・イネス
訳　者　井伊順彦
装　丁　奥定泰之
発行人　森下紀夫
発行所　論 創 社

〒101-0051 東京都千代田区神田神保町2-23 北井ビル
電話 03-3264-5254　振替口座 00160-1-155266

印刷・製本　中央精版印刷
組版　フレックスアート

ISBN978-4-8460-1752-1
落丁・乱丁本はお取り替えいたします